ERVE

14

I0657721

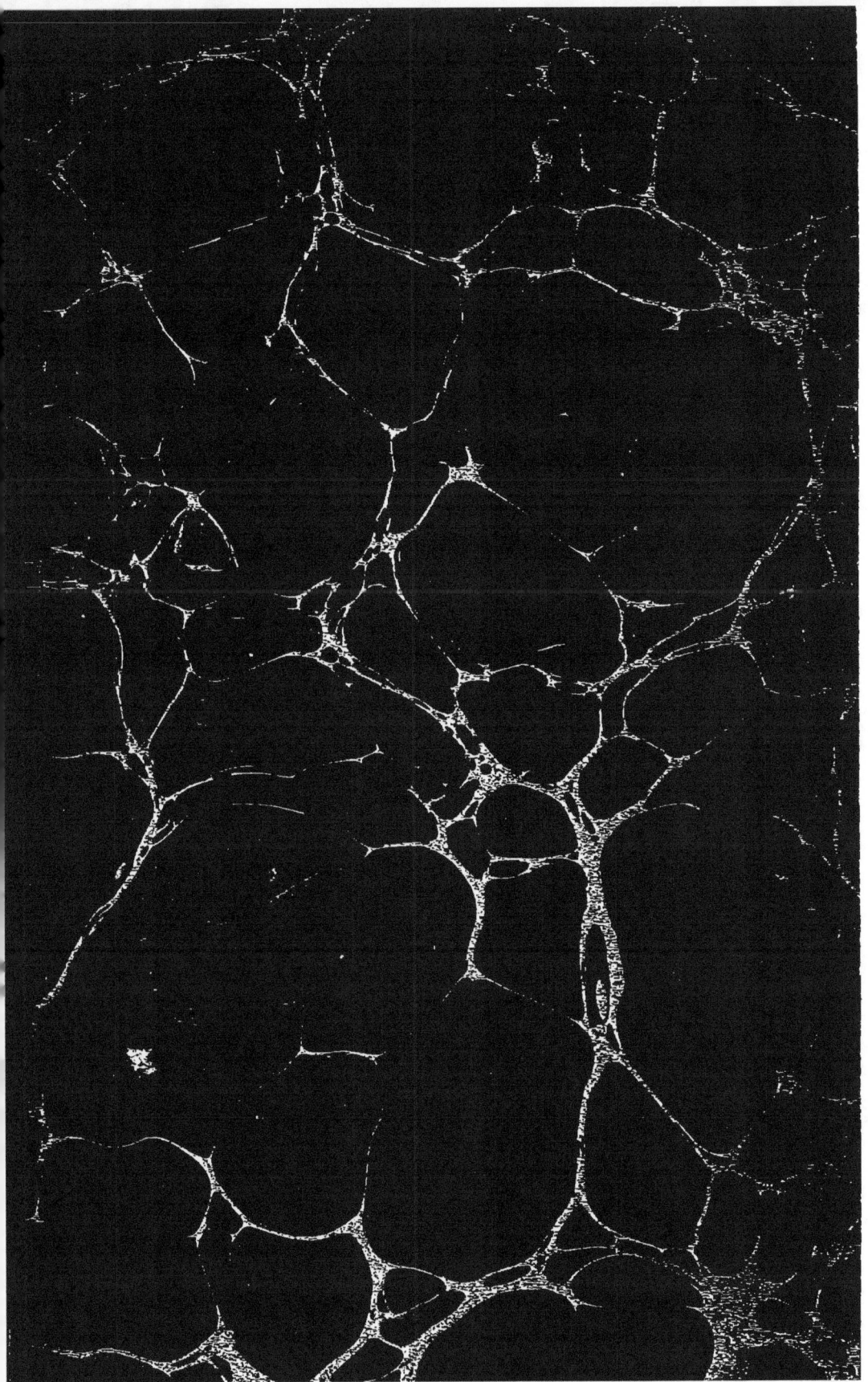

3514

LES CRIMES

DE

L'AMOUR.

Yr Révision

LES CRIMES

DE

L'AMOUR,

NOUVELLES HÉROÏQUES
ET TRAGIQUES;

Précédés d'une Idée sur les Romans,
et ornés de gravures.

Par D. A. F. SADE, auteur d'Aline et Valcour.

> Tu me demandes pourquoi je m'obstine à n'offrir à tes
> yeux que des idées de mort ; sache que cette pensée
> est un levier puissant qui soulève l'homme de la pous-
> sière et le redresse sur lui-même : elle comble l'ef-
> froyable profondeur de l'abîme infernal, et nous fait
> descendre au tombeau par une pente plus douce.
> **Nuits d'Young.**

TOME IV.

A PARIS.

Chez MASSÉ, Éditeur propriétaire, rue Helvétius,
n°. 580.

AN VIII.

DORGEVILLE,

OU

LE CRIMINEL

PAR VERTU.

DORGEVILLE, fils d'un riche négociant de la Rochelle, partit très-jeune pour l'Amérique, recommandé à un oncle, dont les affaires avaient bien tournées ; on l'y envoya avant qu'il n'eût atteint l'âge de douze ans ; il s'éleva près de ce parent, dans la carrière qu'il se destinait à courir, et dans l'exercice de toutes les vertus.

Le jeune Dorgeville était peu favorisé des grâces du corps ; il n'avait rien de désagréable, mais il ne possédait aucun de ces dons physiques qui valent à un individu de notre sexe le titre de *bel*

Tome IV.   A

homme. Ce que perdait pourtant Dorgeville de ce côté, la nature le lui rendait de
l'autre ; un bon esprit, ce qui vaut souvent mieux que le génie, une âme éton-
nemment délicate, un caractère franc,
loyal et sincère ; toutes les qualités qui
composent, en un mot l'honnête homme,
et l'homme sensible, Dorgeville les possédait avec profusion ; et dans le siècle
où l'on vivait alors, c'en était beaucoup
plus qu'il ne fallait pour devenir à-peu-
près certain, d'être malheureux toute sa
vie.

A peine Dorgeville eut-il atteint vingt-
deux ans, que son oncle mourut, et le
laissa à la tête de sa maison, qu'il régla
pendant trois autres années, avec toute
l'intelligence possible ; mais la bonté de
son cœur devint bientôt la cause de sa
ruine ; il s'engagea pour plusieurs amis,
qui n'eurent pas autant d'honnêteté que
lui ; quoique les perfides manquassent,
il voulut faire honneur à ses engagemens, et Dorgeville fut bientôt perdu.
Il est affreux d'être ainsi dérangé à mon
âge, disait ce jeune homme ; mais si quel-

que chose me console de ce chagrin,
c'est la certitude d'avoir fait des heureux
et de n'avoir entraîné personne avec moi.

Ce n'était pas seulement en Amérique
que Dorgeville éprouvait des malheurs;
le sein même de sa famille lui en présentait d'affreux. On lui apprend un
jour qu'une sœur, née quelques années
après son départ pour le Nouveau-Monde,
vient de déshonorer et de perdre entièrement et lui et tout ce qui lui appartient; que cette fille perverse, maintenant âgée de dix-huit ans, nommée Virginie, et malheureusement belle comme
l'amour, éprise d'un écrivain des comp-
toirs de sa maison, et ne pouvant obtenir la permission de l'épouser, a eu l'infamie, pour parvenir à ses vues, d'attenter aux jours de son père et sa mère;
qu'au moment où elle allait se sauver,
avec une partie de l'argent, on a heureusement empêché le vol, sans pouvoir
néanmoins réussir à s'emparer des coupables, tous deux, dit-on, en Angleterre.
On pressait Dorgeville, par la même
lettre, de repasser en France afin de se

mettre à la tête de son bien, et de réparer au moins par la fortune qu'il allait
trouver, celle qu'il avait eu le malheur
de perdre.

Dorgeville, au désespoir d'une foule
d'incidens, à la fois si fâcheux et si flé-
trissans, accourt à Larochelle, n'y réa-
lise que trop les funestes nouvelles qu'on
lui a mandées; et renonçant dès-lors au
commerce, qu'il s'imagine ne pouvoir
plus soutenir après tant de malheurs,
d'une partie de ce qui lui reste, il fait
face aux engagemens de ses correspon-
dans d'Amérique, trait de délicatesse
unique, et de l'autre il forme le dessein
d'acheter uue campagne auprès de Fon-
tenay, en Poitou, où il puisse passer le
reste de ses jours dans le repos.... dans
l'exercice de la charité et de la bienfaisance, les deux plus chères vertus de
son ame sensible.

Ce projet s'exécute. Dorgeville, can-
tonné dans sa petite terre, soulage des
pauvres, console des vieillards, marie
des orphelins, encourage l'agriculteur,
et devient, en un mot, le dieu du petit

canton qu'il habite. S'y trouvait-il un être malheureux, la maison de Dorgeville lui était à l'instant ouverte; y avait-il une bonne œuvre à faire, il en disputait l'honneur à ses voisins; une larme coulait-elle, en un mot, la seule main de Dorgeville volait aussi-tôt l'essuyer; et tout le monde, en bénissant son nom, disait, du fond de l'âme : — « Voilà » l'homme que la nature destine à nous » dédommager des méchans..... Voilà » les dons qu'elle fait quelque fois à la » terre pour la consoler des maux dont » elle l'accable. »

On aurait desiré que Dorgeville se maria; des individus d'un tel sang fussent devenus précieux à la société; mais absolument inaccessible jusqu'alors aux attraits de l'amour, Dorgeville avait à peu-près déclaré qu'à moins que le hazard ne lui fit trouver une fille, qui, bien à lui par la reconnaissance, se trouva comme chargée de faire son bonheur, il ne se marierait certainement pas; on lui avait offert plusieurs partis, il les avait tous refusé, ne trouvant,

disait-il dans aucune des femmes qu'on
lui proposait, des motifs assez puissans
pour être sûr d'être aimé d'elle un jour.
Je veux que celle que je prendrai me
doive tout, disait Dorgeville, n'ayant
ni un bien assez considérable, ni une
figure assez belle, pour l'enchaîner par
ces liens, je veux qu'elle y tienne par
des obligations essentielles, qui la fixant
à moi, lui ôtent tout moyen de m'abandonner ou de me trahir.

Quelques amis de Dorgeville combat-
taient sa façon de penser; de quelle
force seront ces liens, lui faisait-on quelquefois observer, si l'âme de celle que
vous aurez servie n'est pas aussi belle
que la votre? La reconnaissance n'est
point pour tous les êtres une chaîne
aussi indissoluble que pour vous; il est
des âmes faibles qui la méprisent, il
en est de fières qui s'y échappent; n'a-
vez-vous pas appris à vos dépends,
Dorgeville, qu'on se brouille en rendant service, bien plus sûrement qu'on
ne se fait des amis?

Ces raisons étaient spécieuses; mais le

malheur de Dorgeville était de juger
toujours les autres d'après son cœur ; et
ce systême l'ayant rendu malheureux
jusqu'alors, il n'était que trop vraisem-
blable qu'il acheverait de le rendre tel ,
le reste de ses jours.

Ainsi pensait, quoiqu'il en pût être,
l'honnête homme dont nous racontons
l'histoire, lorsque le sort vint lui présenter d'une façon bien singulière l'être
qu'il cru destiné à partager sa fortune,
qu'il imagina fait pour le don précieux
de son cœur.

Dans cette intéressante saison de l'année, où la nature ne paraît nous faire ses
adieux, qu'en nous accablant de ses
dons, où ses soins infinis pour nous, ne
cessent de se multiplier pendant quelques mois, pour nous prodiguer tout
ce qui peut nous faire attendre en paix
le retour de ses premières faveurs, à
cette époque où les habitans de la campagne se fréquentent le plus, soit en
raison des chasses... des vendanges, ou
de quelques autres de ces occupations si
douces à qui chérit la vie rurale , et de

A 4

si peu de prix pour ces êtres froids et
inanimés, engourdis par le luxe des
villes, desséchés par leur corruption,
qui ne connaissent de la société que
les douleurs ou les minuties, parce que
cette franchise ... cette candeur .. cette
douce cordialité qui en resserrent si délicieusement les nœuds, ne se trouvent
qu'avec les habitans de la campagne, il
semble que ce n'est que sous un ciel pur,
que les hommes peuvent l'être également, et que ces exhalaisons ténébreuses
qui chargent l'atmosphère des grandes
villes, souillent de même le cœur des
malheureux captifs qui se condamnent à
ne pas quitter leur enceinte. Au mois
de septembre, enfin, Dorgeville projetta
d'aller rendre visite à un voisin qui l'a-
vait accueilli à son arrivée dans la province, et dont l'âme douce et compatis-
sante, paraissait s'arranger à la sienne.

Il monte à cheval, suivi d'un seul valet, et s'achemine vers le château de
cet ami, éloigné de cinq lieues du sien.
Dorgeville en avait à peu-près fait trois,
lorsqu'il entend derrierre une haie qui

borde le chemin, des gémissemens qui l'arrêtent d'abord par curiosité, bientôt après, par ce mouvement si naturel à son cœur de soulager tous les individus souffrans, il donne son cheval à son domestique, franchit le fossé qui le sé- pare de la haie, la tourne, et parvient enfin au lieu même d'où partaient les plaintes qui l'avaient surpris.

O monsieur ! s'écrie une fort belle femme, tenant dans ses bras un enfant qu'elle vient de mettre au monde, quel dieu vous envoye au secours de cet in- fortuné?... Vous voyez une créature au désespoir, monsieur, continua cette femme éplorée, en versant un torrent de larmes.... ce misérable fruit de mon déshonneur n'allait voir le jour que pour le perdre aussi-tôt de ma main.

Avant que d'entrer avec vous, ma- demoiselle, dit Dorgeville, dans les motifs qui pouvaient vous porter à une aussi horrible action, permettez-moi de ne m'occuper d'abord que de votre sou- lagement ; il me semble que j'apperçois un grange à quelques cents pas d'ici,

A 5

tâchons d'y arriver, et là, après avoir
reçu les premiers soins qu'exige votre
état, j'oserai vous demander quelques
détails sur les malheurs qui paraissent
vous accabler, en vous engageant ma
parole que ma curiosité n'aura d'autre
but, que le desir de vous être utile, et
qu'elle se renfermera dans les bornes
qu'il vous plaira de lui prescrire.

Cécile se confond en marques de reconnaissance, et consent à ce qu'on lui
propose ; le valet approche, il prend
l'enfant, Dorgeville place avec lui, la
mère sur son cheval, et l'on avance
vers la ferme; elle appartenait à des
paysans à leur aise, qui, à la sollicitation de Dorgeville, reçoivent très-bien
et la mère et l'enfant ; on prépare un
lit pour Cécile, on place son fils dans
un berceau de la maison ; et Dorgeville
trop curieux des suites de cette aventure pour ne pas sacrifier au desir de
les apprendre, la partie de plaisir qu'il a
projeté, envoye dire qu'on ne l'attende
point, vu qu'il se détermine à passer
comme il pourra dans cette chaumière

la journée et la nuit prochaine. Cécile ayant besoin de repos, il commence par la supplier d'en prendre, avant que de songer à le satisfaire ; et comme elle ne s'était pas trouvée mieux vers le soir, il attendit au lendemain matin, pour demander à cette charmante créature en quoi il pouvait lui être de quelque secours.

Le récit de Cécile ne fut pas long : elle dit qu'elle était fille d'un gentilhomme qui s'appellait Duperrier ; et dont la terre était à dix lieues de là ; qu'elle avait eu le malheur de se laisser séduire par un jeune officier du régiment de Vermandois, pour lors en garnison à Niort, dont le château de son père n'était qu'à quelques lieues, que son amant ne l'avait pas plutôt su grosse qu'il avait disparu, et ce qu'il y avait de plus affreux, ajouta Cécile, était que ce jeune homme ayant été tué trois semaines après, dans un duel, elle perdait à-la-fois l'honneur et l'espoir de jamais réparer sa faute ; elle avait, continua-t-elle, cachée sa situation à ses parens, aussi

long-temps qu'elle l'avait pu ; mais se
voyant enfin hors d'état d'en pouvoir imposer davantage , elle avait tout avouée,
et reçue dès-lors de si mauvais traitemens
de son père et de sa mère , qu'elle avait
pris le parti de se sauver. Il y avait quelques jours qu'elle était dans les environs,
ne sachant à quoi se déterminer, et ne
pouvant se résoudre à abandonner tout-
à-fait la maison paternelle , ou les do-
maines qui l'avoisinaient , lorsque saisie par les grandes douleurs., elle s'était
résolue à tuer son enfant, et peut-être
elle-même après , quand Dorgeville lui
était apparu et avait daigné lui offrir
tant de secours et de consolations.

Ces détails, soutenus d'une figure en-
chanteresse, et de l'air du monde le plus
naïf et le plus intéressant , pénétrèrent
bientôt l'âme sensible de Dorgeville.
Mademoiselle, dit-il à cette infortunée,
je suis trop heureux que le ciel vous ai
offert à moi; j'y gagne deux plaisirs bien
précieux à mon cœur, et celui de vous
avoir connue , et celui bien plus doux
encore d'être à-peu-près certain de ré-

parer vos maux. Cet aimable consolateur
déclara alors à Cécile, le dessein qu'il
avait d'aller trouver ses parens, et de la
racommoder avec eux. Vous irez donc
seule, monsieur, répondit Cécile, car
pour moi je ne m'y représenterai certainement pas. Oui, mademoiselle, j'irai
seul d'abord, dit Dorgeville, mais j'espère bien n'en pas revenir sans la permission de vous y ramener. — Oh ! monsieur, n'y comptez jamais, vous ne connaissez pas la dureté des gens auxquels
j'ai affaire; leur barbarie est si reconnue, leur fausseté est si grande, que
m'assurassent-ils même de mon pardon,
je ne me fierais point encore à eux.

Cependant Cécile accepta les offres
qui lui étaient faites, et voyant Dorgeville décidé à se rendre le lendemain
matin chez Duperrier, elle le conjura
de vouloir bien se charger d'une lettre
pour le nommé Saint-Surin, l'un des
domestiques de son père, et celui qui
avait toujours le plus mérité sa confiance par son extrême attachement
pour elle. La lettre fut remise cachetée

à Dorgeville, et Cécile, en la lui donnant, le supplia de ne pas abuser de
l'extrême confiance qu'elle avait en lui,
et de rendre la lettre intacte et telle
qu'elle la lui donnait. Dorgeville paraît
fâché qu'on puisse douter de sa discrétion après la conduite qu'il tient ; on lui
en fait mille excuses, il se charge de la
commission, recommande Cécile aux
paysans chez lesquels elle est, et part.

Dorgeville imaginant bien que la
lettre dont il est chargé, doit prévenir
en sa faveur le domestique pour lequel
elle est, croit que ne connaissant point
du tout monsieur Duperrier, ce qu'il a
de mieux à faire, est de donner d'abord
la lettre qu'il a, et de se faire annoncer
ensuite par ce même domestique, dont
il sera connu par ce moyen. S'étant
nommé à Cécile, il ne doute pas qu'elle
ne mande à ce Saint-Surin, dont elle
lui a vanté la fidélité, quelle est la personne qui vient s'intéresser à son sort. Il
remet en conséquence sa lettre, et Saint-
Surin ne l'a pas plutôt lue, qu'il s'écrie
avec une sorte d'émotion dont il n'est pas

le maître.... quoi ! c'est vous, monsieur ?...
c'est monsieur Dorgeville qui est le protecteur de notre malheureuse maîtresse.
Je vais vous annoncer à ses parens, monsieur ; mais je vous préviens qu'ils sont
cruellement en colère ; je doute que vous
réussissiez à les raccommoder avec leur
fille ; quoiqu'il en soit, monsieur , continua Saint-Surin, qui paraissait un gar-
çon d'esprit, et d'une figure agréable, ce
procédé fait trop d'honneur à votre âme
pour que je ne vous mette pas le plutôt
possible à même d'en hâter le succès....
Saint-Surin monte aux appartemens, il
prévient à l'instant ses maîtres, et re-
paraît au bout d'un quart-d'heure. On
consentait à voir monsieur Dorgeville,
puisqu'il s'était donné la peine de venir
d'aussi loin pour une telle affaire ; mais
on était d'autant plus peiné qu'il s'en fût
chargé, qu'on ne voyait aucun moyen
de lui accorder ce qu'il venait solliciter
en faveur d'une fille maudite, et qui
méritait son sort par l'énormité de sa
faute. Dorgeville ne s'effraie point ; on
l'introduit ; il trouve dans monsieur et

madame Duperrier deux personnes d'environ cinquante ans, qui le reçoivent honnêtement, quoiqu'avec un peu d'embarras, et Dorgeville expose succinctement ce qui l'amène dans cette maison. Ma femme et moi, nous sommes irrévocablement décidés, monsieur, dit le mari, à ne jamais revoir une créature qui nous déshonore; elle peut devenir ce que bon lui semblera, nous l'abandonnons à la destinée du ciel, en espérant de sa justice qu'il nous vengera bientôt d'une telle fille.... Dorgeville réfuta ce projet barbare, par tout ce qu'il pût employer de plus pathétique et de plus éloquent; ne pouvant convaincre l'esprit de ces gens-là, il essaya d'attaquer leur cœur... même résistance; cependant Cécile ne fut accusée par ces parens cruels, d'aucun autre tort que de ceux dont elle s'était elle-même avouée coupable, et il se trouva que dans tout, les récits qu'elle avait fait étaient absolument conformes aux accusations de ses juges. Dorgeville a beau représenter qu'une faiblesse n'est pas un crime, que sans la mort du sé-

ducteur de Cécile, un mariage eut tout
réparé, rien ne réussit ; notre négocia-
teur se retire assez peu satisfait; on veut
le retenir à dîner, il remercie, et fait
sentir, en s'en allant, que la cause de ce
refus ne doit se trouver que dans ceux
qu'il éprouve lui-même ; on ne le presse
point, et il sort.

Saint-Surin attendait Dorgeville au
sortir du château. Eh bien ! monsieur,
lui dit ce domestique, avec tout l'air de
l'intérêt, n'avais-je pas raison de croire
que vos peines seraient infructueuses?
vous ne connaissez pas ceux à qui vous
venez d'avoir affaire, ce sont des cœurs
de bronze, jamais l'humanité ne fut en-
tendue d'eux; sans mon respectueux attachement pour cette chère personne, à
laquelle vous voulez bien servir de protecteur et d'ami, il y a long-temps que
je les aurais quitté moi-même, et je
vous avoue, monsieur, poursuivit ce gar-
çon, qu'en perdant aujourd'hui comme
je le fais, l'espoir de jamais consacrer
davantage mes services à mademoiselle
Duperrier, je ne vais plus m'occuper que

de me placer ailleurs. Dorgeville calme ce fidèle domestique, il lui conseille de ne point quitter ses maîtres, et l'assure qu'il peut être tranquille sur le sort de Cécile, que du moment qu'elle est assez malheureuse pour être abandonnée aussi cruellement de sa famille, il prétend à jamais lui tenir lieu de père. Saint-Surin, en pleurant, embrasse les genoux de Dorgeville, et lui demande en même temps la permission de lui donner la réponse à la lettre qu'il a reçue de Cécile; Dorgeville s'en charge avec plaisir, et revient auprès de son intéressante protégée, qu'il ne console pas autant qu'il l'aurait voulu.

Hélas! monsieur, dit Cécile, quand elle apprend la dureté de sa famille, je devais m'y attendre, je ne me pardonne point, étant sûre de ses procédés, comme je devais l'être, de ne vous avoir pas épargné une visite aussi désagréable, et ces mots furent accompagnés d'un torrent de larmes, que le bienfaisant Dorgeville essuya, en protestant à Cécile de ne l'abandonner jamais.

Cependant, au bout de quelques jours, notre intéressante aventurière se trouvant remise, Dorgeville lui proposa de venir achever de se rétablir dans sa maison. Eh ! monsieur, répondit Cécile avec douceur, suis-je en état de résister à vos offres, et ne dois-je pourtant pas rougir de les accepter ? vous en avez déjà beaucoup trop fait pour moi; mais captivée par les liens même de ma reconnaissance, je ne me refuserai à rien de ce qui doit les multiplier, et me les rendre en même temps plus chers.

On se rendit chez Dorgeville; un peu avant que d'être au château, mademoiselle Duperrier témoigna à son bienfaiteur qu'elle desirerait n'être pas publiquement dans l'asyle qu'on voulait bien lui donner; quoiqu'il y eût près de quinze lieues de là chez son père, ce n'était pourtant point assez, pour qu'elle n'eût pas à craindre d'être reconnue, et ne devait-elle pas appréhender les effets du ressentiment d'une famille assez cruelle pour la punir avec autant de sévérité.... d'une faute.... grave (elle en conve-

nait), mais qu'on devait prévenir avant
qu'elle n'arrivât, bien plutôt que de la
châtier aussi durement quand il n'était
plus temps de l'empêcher; d'ailleurs, pour
lui-même, Dorgeville serait-il bien aise
d'afficher aux yeux de toute la province
qu'il voulait bien prendre un intérêt aussi
particulier à une malheureuse fille pros-
crite par ses parens et déshonorée dans
l'opinion publique? L'honnêteté de Dorgeville ne lui permit pas de s'arrêter à
cette seconde considération, mais la
première le décida, et il promit à Cécile
qu'elle serait chez lui comme elle l'exigerait, qu'il la ferait passer dans l'intérieur pour une de ses cousines, et qu'elle
ne verrait au dehors que le peu de personnes qu'elle desirerait; Cécile remercia de nouveau son généreux ami, et
l'on arriva.

Il est temps de le dire, Dorgeville
n'avait pas vu Cécile sans une sorte d'intérêt mêlé d'un sentiment qui lui avait
été inconnu jusqu'alors; une âme comme
la sienne, ne devait se rendre à l'amour
qu'ammolie par la sensibilité, ou prépa-

rée par la bienfaisance ; toutes les qualités que Dorgeville voulait dans une
femme, se rencontraient dans mademoiselle Duperrier ; ces circonstances bi-
sarres, auxquelles il voulait devoir le
cœur de celle qu'il épouserait, s'y trouvaient également ; il avait toujours dit
qu'il desirait que la femme à laquelle il
donnerait sa main, fût en quelque façon
liée à lui par la reconnaissance, et qu'il
aspirait à ne la tenir, pour ainsi dire, que
de ce sentiment là. N'était ce pas ce qui
arrivait ici ? et dans le cas où les mouvemens de l'âme de Cécile ne se trouve-
raient pas très-éloignés des siens, devait-il, avec sa manière de voir, balancer
à lui offrir de la consoler par les nœuds
de l'hymen, des torts impardonnables
de l'amour ? L'espoir d'une chose très-
délicate et supérieurement faite pour
l'âme de Dorgeville, se présentait encore, en réparant l'honneur de mademoiselle Duperrier ; n'était-il pas clair
qu'il la racommodait avec ses parens, et
ne devenait-il pas délicieux pour lui de
rendre à-la-fois à une femme malheu-

reuse, et l'honneur que lui ravissait le plus barbare des préjugés, et la tendresse d'une famille que lui enlevait également la cruauté la plus inouie?

Tout plein de ces idées, Dorgeville demande à mademoiselle Duperrier si elle désapprouve qu'il fasse une seconde tentative chez ses parens; Cécile ne l'en dissuade point, mais elle se garde bien de le lui conseiller, elle essaie même de lui en faire sentir l'inutilité, en le laissant néanmoins le maître de faire sur ce point tout ce qu'il desirera, et elle finit par dire à Dorgeville que sans doute elle commence à lui devenir à charge, puisqu'il desire avec tant d'ardeur de la rendre au sein d'une famille dont il voit bien qu'elle est abhorrée.

Dorgeville très-content d'une réponse qui lui préparait les moyens de s'ouvrir, assure sa protégée que s'il desire une réconciliation avec ses parens, c'est uniquement pour elle et pour le public, lui n'ayant besoin de rien pour animer l'intérêt qu'elle inspire, ou tout au plus, de l'espoir que les soins qu'il lui rend ne lui

déplairont pas. Mademoiselle Duperrier
répond à cette galanterie, en laissant
tomber sur son ami des yeux languis-
sans et tendres, qui prouvent un peu
plus que de la reconnaissance; Dorgeville n'en comprend que trop l'expression, et résolu à tout, pour rendre à la
fin l'honneur et le repos à sa protégée,
deux mois après sa première visite chez
les parens de Cécile, il se décide à en
faire une seconde, et à leur déclarer
enfin ses légitimes intentions, ne dou-
tant pas, qu'un tel procédé de sa part ne
les détermine sur-le-champ à r'ouvrir
leur maison et leurs bras à celle, qui se
trouve assez heureuse pour réparer aussi-
bien la faute qui les a contraint à éloigner d'eux beaucoup trop durement une
fille, qu'ils doivent chérir au fond de
leur âme.

Cécile ne charge point cette fois-ci
Dorgeville d'une lettre pour Saint-Surin,
ainsi qu'elle l'avait fait lors de sa première visite, peut-être en saurons-nous
bientôt la cause; Dorgeville ne s'en
adresse pas moins à ce valet pour être

introduit de nouveau chez monsieur Duperrier ; Saint-Surin le reçoit avec les plus grandes marques de respect et de plaisir, il lui demande des nouvelles de Cécile avec les plus vifs témoignages d'intérêt et de vénération, et dès qu'il a appris les motifs de la seconde visite de Dorgeville, il loue infiniment un aussi noble procédé, mais il déclare en même temps qu'il est presque sûr que cette démarche n'aura pas un meilleur succès que l'autre ; rien ne décourage Dorgeville, et il entre chez Duperrier ; il lui dit que sa fille est chez lui, qu'il prend le plus grand soin et d'elle et de son enfant, qu'il la croit entièrement revenue de ses erreurs, qu'elle ne s'est pas un instant démentie dans ses remords, et qu'une pareille conduite lui paraît mériter enfin quelqu'indulgence. Tout ce qu'il dit est écouté du père et de la mère avec la plus grande attention ; un moment Dorgeville croit avoir réussi ; mais au flegme étonnant avec lequel on lui répond, il n'est pas long-temps à se convaincre qu'il traite avec des âmes de

fer ;

fer, avec des espèces d'animaux enfin
bien plus semblables à des bêtes féroces'
qu'à des créatures humaines.

Confondu d'un tel endurcissement ,
Dorgeville demande à monsieur et à
madame Duperrier, s'ils ont quelqu'autre
motif de plainte ou de haine contre
leur fille , lui paraissant inconcevable,
que pour une faute de cette nature, ils
se décident à un tel excès de rigueur,
vis-à-vis d'une créature douce et honnête, et qui rachète ses torts par une
foule de vertus. Duperrier prend ici la
parole : » Je ne vous détournerai point,
dit-il, monsieur, des bontés que vous
avez pour celle que je nommai autrefois
ma fille, et qui s'est rendue indigne de
ce nom ; de quelque cruauté qu'il vous
plaise de m'accuser, je ne la porterai
pourtant point jusques-là, nous ne lui
connaissons d'autre tort que celui de
son inconduite avec un mauvais sujet,
qu'elle n'aurait jamais due regarder; cette
faute est assez grave à nos yeux, pour
qu'après s'en être souillée, nous la con-
damnions à ne nous revoir de la vie ;

Cécile, dans les commencemens de son ivresse, fut avertie des suites plus d'une fois par nous; nous lui prédîmes tout ce qui lui est arrivé, rien ne l'arrêta, elle a méprisé nos conseils, elle a méconnu nos ordres, en un mot, elle s'est jeté volontairement dans le précipice, quoique nous le lui montrassions sans cesse entr'ouvert sous ses pas. Une fille qui aime ses parens, ne se conduit point ainsi; tant qu'étayée par le suborneur à qui elle doit sa chûte, elle a cru pouvoir nous braver, elle l'a fait insolemment; il est bon qu'elle sente à présent ses torts, il est juste que nous lui refusions nos secours, quand elle les a méprisés, lorsqu'elle en avait un besoin si réel; Cécile a fait une sottise, monsieur, elle en ferait bientôt une seconde; l'éclat a eu lieu; nos amis, nos parens savent qu'elle a fui la maison paternelle, honteuse de l'état où l'avaient réduit ses travers; restons-en là, et ne nous obligez point à r'ouvrir notre sein à une créature sans âme et sans conduite, qui n'y rentrerait que pour nous préparer de nouvelles douleurs ».

Affreux systêmes, s'écria Dorgeville
piqué de tant de résistance, maximes
bien dangereuses que celles qui, punis-
sant une fille, dont le seul tort est d'a-
voir été sensible. Tels sont les abus dangereux qui deviennent la cause de tant
de meurtres épouvantables. Cruels parens! cessez d'imaginer qu'une malheureuse femme est déshonorée pour avoir
été séduite; elle fut devenue moins criminelle avec moins de sagesse ou de religion : ne la punissez pas d'avoir respecté
la vertu, dans le sein même du délire;
par une stupide inconséquence, ne for-
cez point à des infamies celle qui n'a
d'autre tort que d'avoir suivi la nature :
voilà comme l'imbécille contradiction de
nos usages, en faisant dépendre l'honneur de la plus excusable des fautes,
entraîne aux plus grands crimes celles
pour qui la honte est un poids plus affreux que le remords; et voilà comme
dans ce cas, ainsi que dans mille autres,
on préfère des atrocités qui servent de
voiles à des erreurs indéguisables. Que
les fautes légères n'impriment aucune

B 2

flétrissure aux coupables, et pour ense-
velir ces minuties, ceux qui se les sont
permises, ne se plongeront plus dans un
abîme de maux..... Préjugés à part,
où donc est l'infamie pour une pauvre
fille qui, trop livrée au sentiment le plus
naturel, a doublé son existence par excès de sensibilité? De quel forfait est-
elle coupable? Où sont en cela les torts
effrayans de son âme ou de son esprit?
Ne sentira-t-on jamais que la seconde
faute n'est qu'une suite de la première,
qui elle-même ne saurait en être une.
Quelle impardonnable contradiction!
On élève ce malheureux sexe dans tout
ce qui peut décider sa chûte, et l'on le flétrit quand elle est faite! Pères barbares!
ne refusez pas à vos filles l'objet qui les
intéresse; par un égoïsme atroce, ne les
rendez pas éternellement les victimes de
votre avarice ou de votre ambition; et,
cédant à leurs penchans, sous vos lois,
ne voyant plus en vous que des amis,
elles se garderont bien de commettre
les fautes où les contraignent vos refus:
elles ne sont donc coupables que par

vous..... Vous seuls imprimez sur leur front le sceau fatal de l'opprobre..... Elles ont écouté la nature, et vous la violez ; elles ont fléchi sous ses lois, et vous les étouffez dans vos âmes..... Vous seuls mériteriez donc le déshonneur ou la peine, puisque vous seuls êtes cause du mal qu'elles font, et qu'elles n'eussent jamais vaincu, sans vos cruautés, les sentimens de pudeur et de décence que le ciel imprima dans elles.

Eh bien ! poursuivit Dorgeville avec plus de chaleur encore, eh bien ! monsieur, puisque vous ne voulez pas réparer l'honneur de votre fille, j'en prendrai donc moi-même le soin ; dès que vous avez la barbarie de ne plus voir qu'une étrangère dans Cécile, je vous déclare, moi, que j'y vois une épouse ; je prends sur moi la somme de ses torts, quelqu'ils aient été ; je ne l'en avoue pas moins pour ma femme à la face de toute la province ; et, plus honnête que vous, monsieur, quoiqu'après la manière dont vous vous conduisez, votre consentement me devint inutile, je veux

bien encore vous le demander.... Puis-
je être sûr de l'obtenir?

Duperrier confondu ne put s'empêcher de fixer ici Dorgeville avec
des marques d'une étonnante surprise.
Quoi! monsieur, lui dit-il, un galant
homme comme vous, s'expose volontairement à tous les dangers d'une telle alliance? — A tous, monsieur, les torts
de votre fille avant qu'elle ne me connût, ne peuvent raisonnablement m'al-
larmer : il n'y a qu'un homme injuste,
ou des préjugés atroces, qui puissent regarder comme vile ou comme coupable
une fille, pour avoir aimé un autre
homme avant qu'elle ne connût son
mari. Cette manière de penser a sa
source dans un impardonnable orgueil,
qui, non content de maîtriser ce qu'il a,
voudrait enchaîner ce qu'il ne possédait
pas encore..... Non, monsieur, ces ab-
surdités révoltantes n'ont aucun empire
sur moi ; j'ai bien plus de confiance en
la vertu d'une fille qui a connu le mal,
et qui s'en repent, qu'en celle d'une
femme qui n'eut jamais rien à se repro-

cher avant ses nœuds ; l'une connaît l'a-
bîme et l'évite, l'autre y soupçonne des
fleurs et s'y jette : encore une fois, monsieur, je n'attends que votre aveu. —
Cet aveu n'est plus en notre pouvoir,
reprit fermement Duperrier ; en renonçant à notre autorité sur Cécile, en la
maudissant, en la désavouant, comme
nous l'avons fait, et comme nous conti-
nuons de faire encore, nous ne pouvons
conserver la faculté d'en disposer ; elle
est pour nous une étrangère que le hazard a placé dans vos mains.....; qui
devient libre par son âge, par ses démarches et par notre abandon.... de
laquelle, en un mot, monsieur, il vous
devient permis de faire tout ce que bon
vous semblera. — Eh quoi ! monsieur,
vous ne pardonnez pas à madame Dorgeville les torts de mademoiselle Duperrier ? — Nous pardonnons à madame
Dorgeville le libertinage de Cécile ;
mais celle qui porte l'un et l'autre nom,
ayant trop grièvement manqué à sa famille..... quelque soit celui qu'elle
prenne, pour se représenter à ses parens,

ne sera pas plus reçue d'eux sous l'un que sous l'autre. — Observez-vous, monsieur, que c'est moi que vous insultez dans ce moment-ci, et que votre conduite devient ridicule à côté de la décence de la mienne. — C'est parce que je le sens, monsieur, que j'imagine que ce que nous avons de mieux à faire est de nous séparer; soyez tant qu'il vous plaira l'époux d'une catin, nous n'avons aucuns droits pour vous en empêcher; mais ne vous imaginez pas en avoir non plus qui puissent nous contraindre à recevoir cette femme dans notre maison, quand elle l'a remplie de deuil et d'amertume.... quand elle l'a souillée d'infamies.

Dorgeville furieux, se lève, et part sans dire un seul mot: j'aurais écrasé cet homme féroce, dit-il à Saint-Surin, qui lui présente son cheval, si l'humanité ne me retenait, et si je n'épousais demain sa fille. Vous l'épousez, monsieur, dit Saint-Surin surpris? — Oui, je veux réparer demain son honneur..... je veux demain consoler l'infortune. — Oh! monsieur, quelle action généreuse ! Vous allez confondre la cruauté de ces gens-ci, vous allez rendre le jour à la plus infortunée des filles, quoique la plus vertueuse. Vous allez vous couvrir d'une gloire immortelle aux yeux de toute la province..... Et Dorgeville s'échappe au galop.

De retour auprès de sa protégée, il lui raconte, avec les plus grands détails, l'affreuse réception qu'il a eue, et l'assure que, sans elle, il aurait assurément fait repentir Duperrier de son indécente conduite. Cécile le remercie de sa prudence ; mais quand Dorgeville, reprenant la parole, lui apprend qu'il est, malgré tout, décidé à l'épouser le lendemain..... un trouble involontaire saisit cette jeune fille..... Elle veut parler...... Les mots expirent sur ses lèvres.... Elle veut cacher son embarras.... Elle l'augmente..... Moi, dit-elle, avec un inexprimable désordre..... Moi ! devenir votre épouse..... Ah ! monsieur..... A quel point vous vous sacrifiez pour une pauvre fille..... si peu digne de vos bontés

pour elle. — Vous en êtes digne, mademoiselle, reprit vivement Dorgeville ; une faute trop cruellement punie et par la manière dont on vous a traité, et plus encore par vos remords, une faute qui ne peut pas avoir de suite, puisque celui qui vous l'a fait commettre n'existe plus, une faute enfin qui ne sert qu'à mûrir votre esprit, et à vous donner cette fatale expérience de la vie, qu'on n'acquiert jamais qu'à ses dépends...... Une telle faute, dis-je, ne vous dégrade nullement à mes yeux. Si vous me croyiez fait pour la réparer, je m'offre à vous, mademoiselle..... Ma main, ma maison..... ma fortune, tout ce que je possède est à votre service..... prononcez.
— O, monsieur, s'écria Cécile, pardonnez, si l'excès de ma confusion m'en empêche, devais-je m'attendre à de telles bontés de votre part, après les procédés de mes parens ? Et comment voulez-vous que je puisse me croire capable d'en pouvoir profiter ? — Bien éloigné de la rigueur de vos parens, je ne juge pas une légèreté comme un crime ; et

cette erreur qui vous coûte des larmes,
je l'efface en vous donnant ma main.

Mademoiselle Duperrier tombe aux
genoux de son bienfaiteur ; les expressions paraissent manquer aux sentimens
dont son âme est pleine ; au travers de
ceux qu'elle doit, elle sait mêler l'amour
avec tant d'adresse, elle enchaîne, en
un mot, si bien l'homme qu'elle croit
avoir tant d'intérêt à captiver, qu'avant
huit jours le mariage se célèbre, et
qu'elle devient madame Dorgeville.

Cependant la nouvelle mariée ne
quitte point encore sa retraite, elle fait
entendre à son époux que, n'étant point
raccommodée avec sa famille, la décence l'oblige à ne voir que très-peu de
monde ; sa santé lui sert de prétexte, et
Dorgeville se borne à son intérieur et à
quelques uns de ses voisins. Pendant ce
tems, l'adroite Cécile fait tout ce qu'elle
peut pour persuader à son mari de quitter le Poitou : elle lui représente que
dans l'état des choses, il ne pourront
jamais y être l'un et l'autre qu'avec le
plus grand désagrément, et qu'il serait

bien plus décent pour eux d'aller s'établir dans quelque province éloignée de celle où l'épouse de Dorgeville a reçu de toutes parts tant de désagrémens et d'outrages.

Dorgeville goûte assez ce projet; il avait même écrit à un ami qui demeurait auprès d'Amiens, de lui chercher dans ces environs une campagne où il pût aller finir ses jours avec une jeune personne aimable qu'il venait d'épouser, et qui, brouillée avec ses parens, ne trouvait en Poitou que des chagrins qui la contragnaient à s'en éloigner.

On attendait la réponse à ces négociations, lorsque Saint-Surin arrive au château; avant que d'oser se présenter à son ancienne maîtresse, il fait demander à Dorgeville la permission de le saluer; on le reçoit avec satisfaction.

Saint-Surin dit que la chaleur avec laquelle il a pris les intérêts de Cécile, lui a fait perdre sa place, qu'il vient réclamer ses bontés et prendre congé d'elle avant d'aller chercher fortune ailleurs. Vous ne nous quitterez point, dit Dor-

geville ému de compassion, et ne voyant
dans cet homme qu'une emplette d'autant plus agréable à faire, qu'elle plairait certainement à sa femme; non, vous
ne nous quitterez point; et Dorgeville
formant aussi-tôt de cet événement, un
sujet flatteur de surprise pour celle
qu'il adore, il n'entre chez Cécile qu'en
lui présentant Saint-Surin pour premier
domestique de sa maison; madame Dorgeville touchée jusqu'aux larmes, embrasse son époux ..... le remercie cent
fois de cette singulière attention, et té-
moigne devant lui à ce valet, combien
elle est sensible à l'attachement qu'il a
toujours conservé pour elle. On s'en-
tretient un instant de monsieur et de
madame Duperrier; Saint-Surin les
peint tous les deux sous les mêmes traits
de rigueur qui les a caractérisé aux yeux
de Dorgeville, et l'on ne s'occupe plus
que des projets d'un prompt départ.

Les nouvelles étaient arrivées d'A-
miens; on avait positivement trouvé ce
qui convenait, et les deux époux étaient
au moment d'aller prendre possession de

cette demeure, lorsque l'évènement le moins atttendu et le plus cruel, vint ouvrir les yeux de Dorgeville, détruire sa tranquillité, et démasquer enfin l'infâme créature qui l'abusait depuis six mois.

Tout était calme et content au chateau ; on venait d'y dîner en paix, Dorgeville et sa femme absolument seuls ce jour là, s'entretenaient ensemble dans leur salon, avec ce doux repos du bonheur, éprouvé sans crainte et sans remords, par Dorgeville, mais non pas senti par sa femme avec autant de pureté, sans doute ; le bonheur n'est pas fait pour le crime ; l'être assez dépravé pour en avoir suivi la carrière, peut feindre l'heureuse tranquillité d'une belle âme, mais il en jouit bien rarement. Tout-à-coup un bruit affreux se fait entendre, les portes s'ouvrent avec fracas, Saint-Surin dans les fers, paraît au milieu d'une troupe de cavaliers de maréchaussée, dont l'exempt, suivi de quatre hommes, se jette sur Cécile qui veut fuir, la retient, et sans aucun égard, ni pour ses cris, ni pour les représentations de Dorgeville, se prépare à l'entraîner sur-le-champ. Monsieur... monsieur, s'écrie Dorgeville en larmes, an nom du ciel écoutez-moi... que vous a fait cette dame, et où prétendez-vous la conduire ? Ignorez-vous qu'elle m'appartient, et que vous êtes dans ma maison. Monsieur, répondit l'exempt un peu plus tranquille en se voyant maître de ses deux proies, le plus grand malheur qui puisse être arrivé à un aussi honnête homme que vous, est assurément d'avoir épousé cette créature ; mais le titre qu'elle a usurpé avec autant d'infamie que d'impudence, ne peut la garantir du sort qui l'attend... Vous me demandez où je la conduis ? à Poitiers, monsieur, où d'après l'arrêt prononcé contre elle à Paris, et qu'elle a évité jusqu'à présent par ses ruses, elle sera demain brûlée vive avec son indigne amant que voici, continua l'exempt en montrant Saint-Surin.

A ces funestes paroles, les forces de Dorgeville l'abandonnent; il tombe sans connaissance, on le secourt; l'exempt sûr de ses prisonniers, aide lui-même aux attentions qu'exige ce malheureux époux.... Dorgeville reprend à la fin ses sens... Pour Cécile, elle était assise sur une chaise, gardée comme criminelle dans ce salon, où une heure avant, elle régnait en maîtresse... Saint-Surin dans la même position, était à deux ou trois pas d'elle, resserré aussi étroitement, mais bien moins calme que Cécile, sur le front de laquelle on n'appercevait nulle altération ; rien ne troublait la tranquillité de cette malheureuse, son âme faite au crime, en voyait la punition sans effroi.

Remerciez le ciel, monsieur, dit-elle à Dorgeville, voilà une aventure qui vous sauve le jour ; le lendemain de notre arrivée dans la nouvelle habitation où vous comptiez vous établir, cette dose, continua-t-elle, en jetant de sa poche un paquet de poison, était mêlée dans vos alimens, et vous expiriez six heures après. Monsieur, dit cette horrible créature à l'exempt, vous voilà maître de moi, une heure de plus ou de moins ne doit pas être d'une grande importance ; je vous la demande, afin d'instruire Dorgeville des circonstances singulières qui l'intéressent. Oui, monsieur, poursuivit-elle en s'adressant à son mari, oui, vous êtes dans tout ceci, bien plus compromis que vous ne le croyez ; obtenez que je puisse vous entretenir une heure, et vous apprendrez des choses qui vous surprendront ; puissiez-vous les écouter jusqu'au bout avec tranquillité, et sans qu'elles redoublent l'horreur que vous devez avoir pour moi ; vous verrez au moins par cet affreux récit, que si je suis la plus malheureuse, et la plus criminelle des femmes... Ce monstre, dit-elle en montrant Saint-Surin, est sans doute le plus scélérat des hommes.

Il était encore de bonne heure, l'exempt consentit au récit qu'annonçait sa captive ; peut-être était-il bien aise d'apprendre lui-même, quoiqu'il sût les crimes de sa prisonnière, quelle liaison ils avaient avec Dorgeville. Deux seuls cavaliers restèrent dans le salon avec l'exempt et les deux coupables ; le reste se retira , les portes se fermèrent , et la fausse Cécile Duperrier commença son récit dans les termes suivans :

« Vous voyez en moi , Dorgeville , la créature que le ciel a fait naître , et pour le tourment de vos jours , et pour l'opprobre de votre maison ; vous sûtes en Amérique que quelques années après votre départ de France , il vous était née une sœur ; vous apprîtes de même long-tems après , que cette sœur , pour jouir plus à l'aise de l'amour d'un homme qu'elle adorait , osa porter ses mains sur ceux dont elle tenait la vie , et qu'elle se sauva ensuite avec cet amant... Eh bien ! Dorgeville , reconnaissez cette sœur criminelle dans votre épouse infortunée , et son amant dans Saint-Surin... Voyez si les crimes me coutent , et si je sais les doubler quand il faut. Apprenez maintenant comme je vous ai trompé , Dorgeville.. et calmez-vous, dit-elle en voyant son malheureux frère reculer d'horreur et prêt à perdre une seconde fois l'usage de ses sens... oui , remettez-

vous, mon frère ; ce serait à moi de
frémir.... et vous voyez comme je suis
tranquille ; peut-être n'étais-je pas née
pour le crime, et sans les perfides conseils de Saint-Surin, peut-être ne se
fût-il jamais éveillé dans mon cœur....
c'est à lui que vous devez la mort de
nos parens, il me l'a conseillée, il m'a
fourni ce qu'il fallait pour l'exécuter ;
c'est de sa main que je tiens également
le poison qui devait terminer vos jours ».

» Dès que nous eûmes exécuté nos
premiers projets, on nous soupçonna; il
fallut partir sans pouvoir même emporter les sommes que nous comptions nous
approprier; les soupçons se changèrent
bientôt en preuves; on instruisit notre
procès, on prononça contre nous le funeste arrêt que nous allons subir; nous
nous éloignâmes ... mais pas assez, malheureusement : nous fîmes courir le
bruit d'une évasion en Angleterre, on la
crut; nous nous imaginâmes follement
qu'il était inutile d'aller plus loin. Saint-
Surin se présenta pour domestique chez
monsieur Duperrier; ses talens le firent

bientôt recevoir. Il me cacha dans un village voisin de la terre de cet honnête homme, il m'y voyait secrètement, et je n'ai jamais paru pendant cet intervalle à d'autres regards qu'à ceux de la femme chez laquelle j'étais logée ».

» Cette manière d'être m'ennuyait, je ne me sentais pas faite pour une vie tellement ignorée ; il y a quelquefois de l'ambition dans les âmes criminelles ; interrogez tous ceux qui sont parvenus sans mérite, et vous verrez que c'est rarement sans crimes. Saint-Surin consentait volontiers à aller chercher d'autres aventures ; mais j'étais grosse, il fallait avant tout me débarrasser de mon fardeau ; Saint-Surin voulut m'envoyer pour mes couches dans un village plus éloigné de l'habitation de ses maîtres, chez une femme amie de mon hôtesse ; toujours dans l'intention de mieux observer le mystère, il fut résolu que je m'y rendrais seule ; j'y allais, quand vous m'avez rencontré ; les douleurs m'ayant saisie avant d'arriver chez cette femme, je me délivrais seule au pied d'un arbre...

et là, un mouvement de désespoir m'ayant
pris, me voyant délaissée comme je l'étais
alors, moi, née dans l'opulence, et qui,
avec une conduite plus réglée, eût pu
prétendre aux meilleurs partis de la province, je voulus tuer le malheureux fruit
de mon libertinage, et me poignarder
moi-même après; vous passâtes, mon
frère, vous eûtes l'air de vous intéresser
à mon sort; l'espoir de nouveaux crimes
se rallume aussi-tôt dans mon sein; je
me résous à vous tromper pour augmen-
ter l'intérêt que vous sembliez prendre
à moi. Cécile Duperrier venait de se sauver de la maison paternelle, pour se soustraire à la punition et à la honte d'une
faute commise avec un amant qui la met-
tait dans le même état que moi; parfaitement au fait de toutes les circonstances,
je résolus de jouer le rôle de cette fille;
j'étais sûre de deux choses, et qu'elle ne
reparaîtrait pas, et que ses parens, fût-
elle même venue se précipiter à leurs
pieds, ne lui pardonneraient jamais sa
conduite; ces deux points me suffirent
pour établir toute mon histoire; vous

vous chargeâtes vous-même de la lettre, où j'en instruisais Saint-Surin, et dans laquelle je lui faisais part et de l'étonnante rencontre d'un frère que je ne n'aurais jamais connu, s'il ne se fût nommé à moi, et de l'espoir hardi que j'avais de le faire servir, sans qu'il s'en doutât, au rétablissement de notre fortune ».

» Saint-Surin me répondit par vous, et de ce moment, à votre insçu, nous ne cessâmes et de nous écrire et de nous voir même quelquefois secrètement. Vous vous rappellez vos mauvais succès chez les Duperrier; je ne m'opposai point à des démarches, dont je ne redoutais rien vis-à-vis de cet homme, et qui, vous faisant connaître Saint-Surin, pouvaient vous intéresser pour un amant que j'avais dessein de rapprocher de nous. Vous me montrâtes de l'amour...; vous vous sacrifiâtes pour moi; tous ces procédés s'arrangeant aux vues que j'avais de vous captiver, vous vîtes comme j'y répondis, et vous avez éprouvé, Dorgeville, si les liens qui m'enchaînaient

à vous, m'empêchèrent de former ceux
d'un hymen qui consolidait si bien tous
mes plans..... qui me sortait de l'opprobre, de l'abaissement, de la misère,
et qui, au moyen des suites de mes
crimes, me plaçait dans une province
éloignée de la nôtre, riche.... et femme
enfin de mon amant ; le ciel s'y est op-
posé ; vous savez tout le reste, et vous
voyez comme je suis punie de mes
fautes..... vous allez être débarrassé
d'un monstre qui doit vous être odieux....
d'une scélérate qui n'a cessé de vous
abuser.... qui même goûtant dans vos
bras d'incestueux plaisirs, ne s'en livrait
pas moins chaque jour à ce monstre, dès
le moment que l'excès de votre pitié l'eût
imprudemment rapproché de nous ».

» Haïssez-moi, Dorgeville.... je le mérite.... détestez-moi, je vous y exhorte...
mais en voyant demain de votre château
les flammes qui vont consumer une malheureuse.... qui vous avait aussi cruellement trompé.... qui bientôt eût tran-
ché le fil de vos jours.... ne m'ôtez pas
du moins la consolation de croire qu'il

échappera quelques larmes de ce cœur
sensible encore ouvert à mes malheurs,
et que vous vous rappellerez peut-être
que, née votre sœur, avant que de devenir le fléau et le tourment de votre
vie, je ne dois pas perdre en un instant
les droits que ma naissance me donne à
votre pitié ».

L'infâme créature ne se trompait pas;
elle avait ému le cœur du malheureux
Dorgeville, il fondait en larmes pendant
ce récit.

Ne pleurez pas, Dorgeville, ne pleurez pas, dit-elle.... Non, j'ai tort de vous
demander des larmes, je ne les mérite
point, et puisque vous avez la bonté
d'en répandre, permettez-moi, pour les
tarir, de ne vous rappeller en cet instant
que mes torts; jetez les yeux sur l'infortunée qui vous parle, considérez dans
elle l'assemblage le plus odieux de tous
les crimes, et vous frémirez au lieu de
la plaindre.... A ces mots, Virginie se
lève.... allons, monsieur, dit-elle fermement à l'officier, allons donner à la
province l'exemple qu'elle attend de ma

mort;

mort; que mon faible sexe apprenne, en la voyant, où conduisent l'oubli des devoirs et l'abandon de Dieu.

En descendant les marches qui la conduisaient à la cour, elle demanda son fils; Dorgeville, dont le cœur noble et généreux faisait élever cet enfant avec le plus grand soin, ne crut pas devoir lui refuser cette consolation; on apporte cette misérable créature; elle la prend, elle la serre contre son sein, elle la baise.... puis éteignant aussi-tôt les sentimens de tendresse qui, en ammolissant son âme, allaient peut-être y laisser pénétrer avec trop d'empire toutes les horreurs de sa situation, elle étouffe ce misérable enfant de ses propres mains. « Va, dit-elle, en le jetant, ce n'est pas » la peine que tu voies le jour pour » n'y connaître que l'infamie, la honte » et l'infortune, qu'il ne reste sur la terre » aucune trace de mes forfaits, et de- » viens-en la dernière victime ».

A ces mots, la scélérate s'élance dans la voiture de l'exempt; Saint-Surin suit enchaîné sur un cheval, et le lendemain, à cinq heures du soir, ces deux exécrables créatures périrent au milieu des effrayans supplices que leur réservaient le courroux du ciel et la justice des hommes.

Pour Dorgeville, après une maladie cruelle, il laissa son bien à différentes maisons de charité.... quitta le Poitou et se retira à la Trappe, où il mourut au bout de deux ans, sans avoir pu détruire en lui, malgré d'aussi terribles exemples, ni les sentimens de bienfaisance et de pitié qui formaient sa belle âme, ni l'amour excessif dont il brûla jusqu'au dernier soupir, pour la malheureuse femme... devenue l'opprobre de sa vie, et l'unique cause de sa mort.

O vous! qui lirez cette histoire, puisse-t-elle vous pénétrer de l'obligation où nous sommes tous de respecter des devoirs sacrés, dont on ne s'écarte jamais sans voler à sa perte. Si, contenu par le remords qui se fait sentir au brisement du premier frein, on avait la force d'en rester là, jamais les droits de la vertu ne s'anéantiraient totalement ; mais notre

faiblesse nous perd , d'affreux conseils
corrompent , de dangereux exemples
pervertissent, tous les dangers semblent
s'évanouir, et le voile ne se déchire que
quand le glaive de la justice vient arrêter enfin le cours des forfaits. C'est
alors que l'aiguillon du repentir devient
insupportable; il n'est plus temps, il faut
une vengeance aux hommes, et celui qui
ne sut que leur nuire, doit finir tôt ou
tard par les effrayer.

LA COMTESSE
DE SANCERRE,

ou

LA RIVALE DE SA FILLE;

ANECDOTE

DE LA COUR DE BOURGOGNE.

CHARLES-le-Téméraire, duc de Bourgogne, toujours ennemi de Louis XI, toujours occupé de ses projets de vengeance et d'ambition, avait à sa suite presque tous les chevaliers de ses Etats, et tous à ses côtés sur les bords de la Somme, ne s'occupant qu'à vaincre ou qu'à mourir dignes de leur chef, oubliaient sous ses drapeaux les plaisirs de leur patrie. Les Cours étaient tristes en Bourgogne,

C 3

les châteaux déserts ; on ne voyait plus
briller dans les magnifiques tournois
de Dijon et d'Autun, ces preux chevaliers qui les illustraient jadis, et les
belles abandonnées, négligeaient jusqu'au soin de plaire, dont ils ne pouvaient
plus être l'objet ; frémissant pour les
jours de ces guerriers chéris, ce n'était
plus que des soucis et des inquiétudes
que l'on voyait sur ces fronts radieux,
animés par l'orgeuil, quand autrefois
au milieu de l'arène, tant de braves
exerçaient pour leurs dames, et leur
adresse et leur courage.

En suivant son prince à l'armée, en
allant lui prouver son zèle et son attachement, le comte de Sancerre, l'un
des meilleurs généraux de Charles, avait
recommandé à sa femme de ne rien né-
gliger pour l'éducation de leur fille
Amélie, et de laisser croître sans inquiétude la tendre ardeur que cette jeune
personne ressentait pour le châtelain de
Monrevel qui devait la posséder un jour,
et qui l'adorait depuis l'enfance. Monrevel, âgé de vingt-quatre ans, et qui

avait déjà fait plusieurs campagnes sous
les yeux du duc, en considération de ce
mariage, venait d'obtenir de rester en
Bourgogne, et sa jeune âme avait besoin
de tout l'amour qui l'enflammait pour
ne pas s'irriter des retards que ces arrangemens apportaient aux succès de ses
armes. Mais Monrevel, le plus beau chevalier de son siècle, le plus aimable et
le plus courageux, savait aimer comme
il savait vaincre ; favori des grâces et du
dieu de-la guerre, il ravissait à celui-ci,
ce qu'exigeaient les autres, et se cou-
ronnait tour à tour, et des lauriers que
lui prodiguait Bellone, et des myrthes
qu'amour y joignait sur son front.

Eh ! qui méritait mieux qu'Amélie,
les momens que Monrevel enlevait à
Mars? La plume échappe à qui voudrait
la peindre...... comment esquisser, en
effet, cette taille fine et légère dont
chaque mouvement était une grâce, cette
figure fine et délicieuse, dont chaque
trait était un sentiment! Mais que de
vertus embellissaient encore mieux, cette
créature céleste, à peine dans son qua-

C 4

trième lustre... la candeur, l'humanité...
l'amour filial... il était impossible de dire
enfin, si c'était par les qualités de son
âme, ou par les agrémens de sa figure,
qu'Amélie enchaînait le plus sûrement.

Mais comment se pouvait-il, hélas!
qu'une telle fille eût reçu le jour dans
le sein d'une mère aussi cruelle, et d'un
caractère aussi dangereux! sous une figure encore belle, sous des traits nobles
et majestueux, la comtesse de Sancerre
cachait une âme jalouse, impérieuse,
vindicative et capable, en un mot, de
tous les crimes où peuvent entraîner ces
passions.

Beaucoup trop célèbre à la cour de
Bourgogne, par le relâchement de ses
mœurs, et par ses galanteries, il était
bien peu de chagrins dont elle n'eût
accablé son époux.

Ce n'était pas sans envie qu'une telle
mère voyait croître sous ses yeux les
charmes de sa fille, et ce n'était pas
sans un secret chagrin qu'elle en savait
Monrevel amoureux. Tout ce qu'elle
avait pu faire jusqu'à ce moment-ci,

était d'imposer silence aux sentimens
que cette jeune personne ressentait pour
Monrevel, et malgré les intentions du
comte, elle avait toujours engagé sa
fille à ne point avouer ce qu'elle éprouvait pour l'époux que lui destinait son
père. Il semblait à cette femme étonnante, que brûlant comme elle faisait
au fond de son cœur pour l'amant de
sa fille, ce fût pour elle une consolation de faire ignorer au moins à cet
amant une passion dont elle se trouvait
outragée. Mais si elle contraignait les
desirs d'Amélie, il s'en fallait bien qu'elle
fît la même violence aux siens, et ses
yeux depuis bien long-tems eussent tout
appris à Monrevel, si ce jeune guerrier
eût voulu les entendre... s'il n'eût pas
cru qu'un autre amour que celui d'A-
mélie, fut devenu pour lui une offense
bien plutôt qu'un bonheur.

Depuis un mois, par ordre de son
époux, la comtesse recevait dans son
château le jeune Monrevel, sans qu'elle
eût employé durant cet intervalle un
seul instant à autre chose, qu'à voiler

C 5

les sentimens de sa fille, et qu'à faire
éclater les siens. Mais quoiqu'Amélie
se tût, quoiqu'elle se contraignît, Monrevel soupçonnait que les arrangemens
du comte de Sancerre ne déplaisaient
pas à cette belle fille, il osait croire que
ce n'eût pas été sans peine qu'Amélie,
en eût vu un autre en possession de l'espoir de lui appartenir un jour.

Comment est-il, Amélie, disait Monrevel à sa belle maîtresse, dans un de
ces courts instans où il n'était pas ob-
sédé par les regards jaloux de madame
de Sancerre, comment se peut-il qu'avec
l'assurance d'être un jour l'un à l'autre,
on ne vous permette même pas de me
dire si ce projet vous contrarie, ou si je
suis assez heureux pour qu'il ne vous
déplaise point? Eh quoi! l'on s'oppose
à ce que l'amant qui ne songe qu'à se
rendre digne de faire votre bonheur,
puisse savoir s'il peut y prétendre! —
Mais Amélie se contentant de regarder
tendrement Monrevel, soupirait et re-
joignait sa mère dont elle n'ignorait pas
qu'elle devait tout craindre si jamais les

expressions de son cœur osaient s'annoncer sur ses lèvres.

Tel était l'état des choses, quand un courrier arriva au château de Sancerre, et y apprit la mort du comte. sous les murs de Beauvais, le jour même de la levée du siége ; Lucenai, l'un des chevaliers de ce général apportait, en pleurant, cette triste nouvelle, à laquelle était jointe une lettre du duc de Bourgogne à la comtesse. Il s'excusait de ce que ses malheurs l'empêchaient de s'étendre sur les consolations qu'il croyait lui devoir, et lui enjoignait expressément de suivre les intentions de son mari, par rapport à l'alliance que ce général avait desiré entre sa fille et Monrevel, de presser cet hymen, et quinze jours après qu'il aurait été consommé, de lui renvoyer ce jeune héros, ne pouvant dans la situation de ses affaires, se passer dans son armée d'un aussi brave guerrier que Monrevel.

La comtesse prit le deuil, et ne publia point la recommandation de Charles, elle était trop contre ses desirs pour

qu'elle en dit un mot; elle congédia
Lucenai, et recommanda plus que
jamais à sa fille de déguiser ses sentimens, de les étouffer même, puisqu'au-
cunes circonstances ne contraignaient
plus un hymen..... qui ne se ferait à
présent jamais.

Ces dispositious remplies, la jalouse
comtesse se voyant délivrée des entraves
qui s'opposaient à ses sentimens effré-
nés pour l'amant de sa fille, ne s'oc-
cupa plus que des moyens de réfroidir
le jeune châtelain pour Amélie, et de
l'enflammer pour elle.

Ses premières démarches furent de
s'emparer de toutes les lettres que Monrevel pouvait écrire à l'armée de Charles,
et de le retenir chez elle, en irritant
son amour, en lui laissant une sorte
d'espoir éloigné, qui traversé sans cesse,
le captiva, tout en le désolant; de profiter ensuite de l'état où elle allait mettre
son âme, pour le disposer peu-à-peu en
sa faveur, imaginant en femme habile,
que le dépit lui rapporterait ce qu'elle
ne pourrait obtenir de l'amour.

Une fois sûre qu'aucune lettre ne sortirait du château, sans lui être apportée, la comtesse répandit de faux bruits; elle dit à tout le monde, et même sourdement au châtelain de Monrevel que Charles le téméraire en lui apprenant la mort de son époux, lui enjoignait de marier sa fille au seigneur de Salins, auquel il ordonnait de venir conclure cet hymen à Sancerre, et elle ajouta avec l'air du secret, en s'adressant à Monrevel, que cet évènement ne fâcherait sûrement pas Amélie, qui depuis cinq ans soupirait pour Salins; ayant ainsi porté le poignard dans le cœur de Monrevel, elle fit venir sa fille, et lui dit que tout ce qu'elle faisait, n'était qu'à dessein de détacher le châtelain d'elle, qu'elle lui recommandait d'étayer ce projet, ne voulant point absolument de cette alliance, et qu'il valait mieux, cela posé, prendre un prétexte comme celui dont elle se servait, qu'une rupture sans fondement; mais que sa chère fille n'en serait pas plus malheureuse, parce qu'elle lui promettait qu'au moyen de ce léger sacrifice, elle la laisserait libre de tout autre choix qu'il lui plairait de faire.

Amélie voulut contenir ses pleurs à ces ordres cruels; mais la nature plus forte que la prudence, la fit tomber aux genoux de la comtesse; elle la conjura par tout ce qu'elle avait de plus cher, de ne la point séparer de Monrevel, de remplir les intentions d'un père qu'elle avait adoré, et qu'on lui faisait pleurer bien amèrement.

Cette intéressante fille ne répandait pas une larme qui ne retombât sur le cœur de sa mère; eh quoi! dit la comtesse, en essayant de se vaincre, afin de mieux connaître les sentimens de sa fille, cette malheureuse passion vous domine-t-elle donc au point, que vous n'en puissiez faire le sacrifice? et si votre amant eût éprouvé le sort de votre père, s'il vous l'eût fallu pleurer comme lui?... Oh! madame, répondit Amélie, ne m'offrez pas une aussi désolante idée; si Monrevel eût péri, je l'aurais suivi de bien près, ne doutez pas que mon père ne me soit aussi cher sans doute, et mes regrets de l'avoir perdu eussent été éternels sans l'espérance de voir un jour mes larmes essuyées par la main de l'époux, qu'il me destinait; c'est pour cet époux seul que je me suis conservée, c'est à cause de lui seul que j'ai surmonté le désespoir où m'a plongée la nouvelle affreuse que nous venons d'apprendre; voulez-vous donc déchirer à la fois mon cœur, par tant de traits aussi cruels! Eh bien! dit la comtesse, qui sentit que la violence ne ferait qu'irriter celle que son artifice l'obligeait à ménager, feignez toujours ce que je vous propose, puisque vous ne pouvez vous vaincre, et dites à Monrevel que vous aimez Salins, ce sera un moyen de savoir si réellement il vous est attaché; la véritable façon de connaître un amant, est de l'inquiéter par la jalousie. Si Monrevel se dépite et s'il vous abandonne, ne serez-vous pas bien aise d'avoir reconnu que vous n'étiez qu'une dupe en l'aimant?—Et si sa passion n'en devient que plus vive? — Alors peut-être vous céderai-je ; ne connaissez-vous pas tous vos droits sur mon âme? Et la tendre Amélie, consolée par ces dernières paroles, ne cessait de baiser les mains de celle qui la trahïssait, de celle qui dans le fond la regardait comme sa plus mortelle ennemie;.... de celle enfin, qui, pendant qu'elle faisait couler le baume au fond du cœur alarmé de sa fille, ne nourrissait dans le sien que des sentimens de haine, et d'affreux projets de vengeance.

Cependant Amélie s'engage à ce qu'on exige, non-seulement elle promet de feindre d'aimer Salins ; mais elle assure même qu'elle se servira de ce moyen, pour mettre le cœur de Monrevel aux dernières épreuves, sous la seule condition que sa mère voudra bien ne pas porter les choses trop loin, et les arrêter aussi-tôt qu'elles auront été convaincues de la constance et de l'amour du châtelain. Madame de Sancerre promet tout ce qu'on veut ; et, peu de jours après, elle dit à Monrevel, qu'il lui paraît sin-

gulier que ne pouvant plus raisonnablement former aucun espoir d'appartenir
à sa fille, il veuille si long-temps s'en-
terrer en Bourgogne, pendant que toute
la province est sous les drapeaux de
Charles; et, en disant cela, elle lui laisse
lire adroitement les dernières lignes de
la lettre du duc, qui contenait, comme
nous l'avons lu : *Vous me renverrez*
Monrevel, ne pouvant, dans l'état où
sont mes affaires, me passer plus
long-temps d'un tel brave. Mais la perfide comtesse se garda bien de lui en
laisser voir davantage.

Eh quoi ! madame, dit le châtelain,
au désespoir ; il est donc vrai que vous
me sacrifiez ; il est donc assuré qu'il
faut que je renonce à ces projets délicieux qui faisaient tout le charme de
ma vie ? — En vérité, Monrevel, leur
exécution n'en eut jamais fait que le
malheur, est-ce quand on vous ressemble qu'il faut aimer une infidèle ? Si
jamais Amélie vous laissa de l'espoir, elle
vous trompa, sans doute, son amour
pour Salins n'était que trop réel. — Hé-

las! madame, reprit ce jeune héros, en laissant échapper quelques larmes, je n'ai pas dû croire être aimé d'Amélie, j'en conviens; mais pouvais-je penser qu'elle en aimât un autre.... Et passant avec rapidité de la douleur au désespoir... Non, reprit-il furieux..... non, qu'elle n'imagine pas abuser de ma crédulité; il est au-dessus de mes forces de pouvoir endurer de tels outrages; et puisque je lui déplais, puisque je n'ai plus rien à craindre, pourquoi mettrais-je des bornes à ma vengeance?.... J'irai trouver Salins; j'irai chercher jusqu'au bout de la terre ce rival qui m'outrage et que je déteste, sa vie me répondra de ses insultes, ou je perdrai la mienne sous ses coups.—Non, Monrevel, s'écria la comtesse, non, la prudence ne me permet pas de souffrir de telles choses; revolez bien plutôt vers Charles, si vous osez concevoir ces projets, car j'attends Salins sous peu de jours, et je dois m'opposer à ce que vous vous rencontriez chez moi..... A moins pourtant, continua la comtesse, avec un peu de con-

trainte, que vous ne cessiez de devenir
dangereux pour lui, par la victoire certaine que vous remporterez sur vos sentimens. O! Monrevel.... Si votre choix
étoit tombé sur un autre objet.... ne
vous jugeant plus à craindre dans mon
château, je serais la première à vous
presser d'y faire un plus long séjour.....
Et reprenant aussi-tôt, en lançant des
regards enflammés sur le châtelain, eh
quoi ! n'est-il donc qu'Amélie, dans ces
lieux, qui puisse prétendre au bonheur
de vous plaire ? Comme vous connaissez peu les cœurs qui vous entourent, si
vous ne supposez que le sien capable
d'avoir senti ce que vous valez ! Pouvez-
vous donc supposer un sentiment bien
solide dans l'âme d'un enfant ? Sait-on
ce qu'on pense...... Sait-on ce qu'on
aime à son âge ?..... Croyez-moi, Monrevel, il faut un peu plus d'expérience
pour savoir bien aimer. Une séduction
est-elle une conquête ? Triomphe-t-on
de qui ne sait pas se défendre ?..... Ah !
la victoire n'est-elle pas plus flatteuse
quand l'objet attaqué, connaissant toutes

les ruses qui peuvent le soustraire à vous, n'oppose pourtant à vos traits que son cœur, et ne combat plus qu'en cédant?

— Oh! madame, interrompit le châtelain, qui ne voyoit que trop où la comtesse voulait en venir; j'ignore les qualités qu'il faut pour être capable de bien aimer; mais ce que je sais parfaitement, c'est qu'Amélie seule, a toutes celles qui doivent me la faire adorer, et que je ne chérirai jamais qu'elle au monde.

— En ce cas, je vous plains, repartit madame de Sancerre, avec aigreur; car, non-seulement elle ne vous aime pas, mais dans la certitude de cette situation inébranlable de votre âme, je me vois obligée de vous séparer pour jamais; et elle quitte brusquement le châtelain en prononcant ces dernières paroles.

Il serait difficile de peindre l'état de Monrevel, tour-à-tour dévoré par sa douleur, en proie à l'inquiétude, à la jalousie, à la vengeance, il ne savait auquel de ces sentimens se livrer avec le plus d'ardeur, tant il était impérieusement déchiré par tous. Il vole enfin aux pieds d'Amélie..... O ! vous que je n'ai jamais cessé d'adorer un instant, s'écrie-t-il, en fondant en larmes..... Dois-je le croire ?....... Vous me trahissez !.... Un autre va vous rendre heureuse..... Un autre va m'enlever le seul bien pour lequel j'aurais cédé l'empire de la terre s'il m'eût appartenu..... Amélie.... Amélie ! Est-il vrai, vous êtes infidèle, et c'est Salins qui va vous posséder ? Je suis fâchée qu'on vous l'ai dit, Monrevel, répondit Amélie, résolue d'obéir à sa mère, et pour ne pas l'aigrir et pour connoître si réellement le châtelain l'aimait avec sincérité ; mais si ce fatal secret se découvre aujourd'hui, je ne mérite pas au moins vos reproches amers : ne vous ayant jamais donné d'espoir, comment pouvez-vous m'accuser de vous trahir ? —Il n'est que trop vrai cruelle, je l'avoue ; jamais je ne pus faire passer dans votre âme la plus légère étincelle du feu qui dévorait la mienne ; et c'est pour l'avoir un instant jugé d'après mon cœur, que j'ai osé vous soupçonner d'un tort, qui n'est que la suite de l'amour, vous n'en

eûtes jamais pour moi, Amélie, de quoi
me plains-je effectivement? Eh bien!
vous ne me trahissez pas, vous ne me sacrifiez point; mais vous méprisez mon
amour..... mais vous me rendez le plus
malheureux des hommes. — En vérité,
Monrevel, je ne conçois pas comment
dans l'incertitude, on peut faire les frais
de tant de flamme? — Eh quoi! ne de-
vions-nous pas être unis? — On le voulait: mais était-ce une raison pour que
je le desirasse? Nos cœurs répondent-ils
aux intentions de nos parens? — J'aurais
donc fait votre malheur? — Au moment
de la conclusion, je vous aurais laissé
lire dans mon âme, et vous ne m'auriez
pas contrainte. — Oh ciel! voilà donc
mon arrêt! Il faut que je vous quitte....
il faut que je m'éloigne, et c'est vous qui
l'exigez, grand dieu!..... C'est vous qui
déchirez à plaisir le cœur de celui qui
voulait vous adorer sans cesse. Eh bien!
je vous fuirai, perfide; j'irai chercher
avec mon prince des moyens prompts
de vous fuir encore mieux; et désespéré de vous avoir perdu, j'irai mourir

à ses côtés, dans les champs de la gloire.
Monrevel sortit à ces mots; et la triste
Amélie, qui s'était faite une violence
extrême pour se soumettre aux intentions de sa mère, n'ayant plus rien qui
la contraignît, fondit en larmes dès
qu'elle se trouva seule. » O toi que j'a-
dore ! que dois-tu penser d'Amélie, s'é-
cria-t-elle ! De quels sentimens rem-
places-tu maintenant dans ton cœur tous
ceux dont tu payais ma flamme? Que de
reproches tu me fais, sans doute, et combien je les mérite ! Je ne t'avouai jamais
mon amour, il est vrai.... mais mes yeux
t'en instruisaient assez; et si j'en retardais
l'aveu par prudence, je n'en mettais pas
moins mon bonheur à le laisser éclater
un jour.... O Monrevel....! Monrevel,
quel supplice est celui d'une amante, qui
n'ose avouer ses feux à celui qui est le
plus digne de les allumer..... que l'on
oblige à feindre....:. à remplacer par de
l'indifférence, le sentiment dont elle est
dévorée. »

La comtesse surprit Amélie dans cette
situation accablante. J'ai fait ce que vous

avez voulu, madame, lui dit-elle; le châtelain est dans la douleur; qu'exigez-vous de plus? Je veux que cette feinte continue, reprit madame de Sancerre, je veux voir jusqu'à quel point Monrevel vous est attaché.... Ecoutez-moi, ma fille, le châtelain ne connaît pas son rival.... Clotilde, celle de mes femmes qui m'est la plus chère, a un jeune parent de l'âge et de la taille de Salins; je vais l'introduire dans le château; il passera pour celui que nous avons l'air de vous faire aimer depuis six ans, mais il ne sera que mystérieusement ici, vous ne le verrez qu'en secret, et comme à mon insçu, Monrevel n'aura que des soupçons.... des soupçons que j'aurai soin de nourrir, et nous jugerons alors des effets de son amour au désespoir. Eh! madame, à quoi bon toutes ces feintes, répondit Amélie; ne doutez point des sentimens de Monrevel, il vient de m'en donner les assurances les plus fortes, et je les crois de toute mon âme. Faut-il vous l'avouer, reprit la méchante femme, en suivant toujours son indigne

plan,

plan, on m'écrit de l'armée que Monrevel est loin des vertus d'un brave et
digne chevalier.... je vous le dis avec
douleur, mais on accuse son courage;
le duc s'y trompe, je le sais, mais les
faits sont constans.... on le vit fuir à
Montlhéri.... Lui, madame, s'écria mademoiselle de Sancerre, lui, capable
d'une telle faiblesse ! ne l'imaginez pas,
on vous trompe; c'est de lui que Brezé
reçut la mort (1).... lui, fuir.... je l'aurais vu.... je ne le croirais pas.... non,
madame, non, il était parti d'ici même,
pour se rendre à cette bataille; vous lui
aviez permis de baiser ma main; cette
même main orna son casque d'un nœud
de ruban.... il me dit qu'il serait invincible; il avait mes traits dans son cœur,
il est incapable de les avoir souillés.....
il ne l'a pas fait. Je sais, dit la comtesse,
que les premiers bruits furent à son
avantage; on vous laissa ignorer les se-

_____

(1) Pierre de Brezé, grand Sénéchal de
Normandie; il commandait l'avant-garde de
Louis XI à cette journée où il perdit la vie.

Tome IV.   D

conds.... jamais le sénéchal ne mourut
de sa main, et plus de vingt guerriers
ont vu fuir Monrevel.... Que vous importe, Amélie, cette épreuve de plus,
elle ne sera jamais sanguinaire, je saurai
l'arrêter à temps.... Si Monrevel est un
lâche, voudriez-vous lui donner la main?
songez-vous, d'ailleurs, que dans une
chose où ma seule complaisance agit,
je suis en droit de vous imposer des
conditions ; le duc s'oppose à ce que
Monrevel devienne aujourd'hui votre
époux, il le redemande ; si, malgré tout
cela, je veux bien céder à vos desirs,
au moins devez-vous accorder quelque
chose aux miens ; en achevant ces mots,
la comtesse sortit, et laissa sa fille dans
de nouvelles perplexités.

Monrevel un lâche, se disait Amélie,
en pleurant, non, je ne le croirai jamais.... cela ne se peut, il m'aime.... ne
l'ai-je donc pas vu s'exposer sous mes yeux
aux dangers d'un tournois, et dans la
certitude que je le paierais d'un regard,
y vaincre tout ce qui s'offrait à lui!....
ces regards, qui l'encourageaient, l'ont

suivi dans les plaines de France, j'étais toujours sous les siens, c'est sous eux qu'il a combattu; mon amant est brave comme il m'aime; ces deux vertus doivent être à l'excès dans une âme où rien d'impur ne pénétra jamais.... N'importe, ma mère le veut, j'obéirai.... je garderai le silence, je cacherai mon cœur à celui qui le possède en entier, mais je ne soupçonnerai jamais le sien.

Plusieurs jours se passèrent ainsi, pendant lesquels la comtesse prépara ses ruses, et pendant lesquels Amélie ne cessa de soutenir le personnage qu'on lui imposait, quelques douleurs qu'elle en éprouvât; enfin madame de Sancerre fit dire à Monrevel de venir la trouver seule, attendu qu'elle avait quelque chose d'important à lui communiquer.... et là, elle se résolut de se déclarer tout-à-fait, afin de n'avoir plus de remords, si la résistance du châtelain l'obligeait à des crimes.

Chevalier, lui dit-elle, aussi-tôt qu'elle le vit entrer, certain comme vous devez l'être à présent et du mépris de ma fille

D 2

et du bonheur de votre rival, je dois nécessairement attribuer à quelqu'autre cause, la prolongation de votre séjour à Sancerre, quand votre chef vous demande et vous desire à ses côtés; avouez-moi donc, sans feinte, le sujet qui peut vous y retenir?... serait-ce le même.... Monrevel, que celui qui me fait desirer de vous y conserver aussi? Quoique ce jeune guerrier eût soupçonné depuis long-temps l'amour de la comtesse, non-seulement il n'en avait jamais fait part à Amélie, mais désespéré d'avoir pu le faire naître, il cherchait à se le déguiser à lui-même. Pressé par cette question, devenue trop claire pour qu'il lui devînt permis de s'y méprendre, madame, répondit-il en rougissant, vous connaissez les chaînes qui m'arrêtent, et si vous daigniez les serrer au lieu de les rompre, je me trouverais sans doute le plus heureux des hommes.... Soit feinte, soit orgueil, la dame de Sancerre prit cette réponse pour elle.... Beau doux ami, lui dit-elle alors, en l'attirant près de son fauteuil, ces chaînes seront tissues quand vous le voudrez…. ah! depuis bien long-temps elles captivent mon cœur; elles orneront mes mains quand vous m'en aurez montré le desir; me voilà sans nœuds aujourd'hui, et si je desire de perdre une seconde fois ma liberté, vous devez bien savoir avec qui….. Monrével frémit à ces mots, et la comtesse, qui ne perdait pas un de ses mouvemens, s'abandonnant alors en furieuse aux transports de sa flamme, lui reprocha, dans les termes les plus durs, l'indifférence avec laquelle il avait toujours payé l'ardeur dont elle avait brûlé pour lui…. Pouvais-tu te la déguiser cette flamme, qu'allumaient tes yeux, ingrat? pouvais-tu l'ignorer, s'écria-t-elle; un seul jour s'est-il écoulé depuis ton jeune âge, où je n'aie fait éclater ces sentimens que tu dédaignes avec tant d'insolence? était-il un seul chevalier à la cour de Charles qui m'intéressât comme toi? fière de tes succès, sensible à tes malheurs, cueillas tu jamais un laurier que ma main n'enlaçât de myrthes? ton esprit format-il une seule pensée que je ne parta-

geasse à l'instant? ton cœur, un sentiment qui ne fût le mien? fêtée par-tout,
voyant toute la Bourgogne à mes pieds,
entourée d'adorateurs.... enivrée d'en-
cens, tous mes vœux ne se tournaient
que pour Monrevel, il les occupait seul,
je méprisais ce qui n'était pas lui.... et
quand je t'adorais, perfide.... tes yeux
se détournaient de moi..... follement
épris d'un enfant.... me sacrifiant à cette
indigne rivale.... tu m'as fait haïr ma
fille même.... je sentais tous tes procédés, il n'en était pas un qui ne perçât mon
cœur, et je ne pouvais pourtant te haïr...
mais qu'espères-tu maintenant?... que
le dépit au moins te donne à moi, si
l'amour n'y peut réussir.... Ton rival est
ici, je peux le faire triompher demain,
ma fille m'en presse; quelle espérance
te reste-t-il donc, quel fol espoir peut
t'aveugler encore? Celui d'aller mourir,
madame, répondit Monrevel, et du remords d'avoir pu faire naître en vous
des sentimens qu'il n'est pas en mon
pouvoir de partager, et du chagrin de

n'en pouvoir inspirer, au seul objet qui régnera toujours sur mon cœur.

Madame de Sancerre se contint ; l'amour, la fierté, la fourberie, la vengeance la dominaient avec trop d'empire pour ne pas lui imposer la nécessité de feindre. Une âme ouverte et franche se serait emportée ; une femme vindicative et fausse devait employer l'art, et la comtesse le mit en usage. Chevalier, dit-elle, avec un dépit contraint, vous me faites connaître des refus pour la première fois de ma vie, ils étonneraient vos rivaux, moi seule n'en suis point surprise : non, je me rends justice...., je serais votre mère, chevalier.... Comment, avec un pareil tort, pouvais - je prétendre à votre main ?..... Je ne vous gêne plus, Monrevel, je cède à mon heureuse rivale l'honneur de vous enchaîner ; et ne pouvant devenir votre femme, je serai toujours votre amie ; vous y opposerez-vous ? cruel ! m'envierez-vous ce titre ? Oh ! madame, que je reconnais bien à ces procédés toute la noblesse de votre cœur, répondit le châ-

D 4

telain, séduit par ces apparences trom-
peuses; ah! croyez, ajouta-t-il, en se précipitant aux pieds de la comtesse, croyez
que tous les sentimens de mon cœur,
qui ne seront pas de l'amour, vous ap-
partiendront à jamais ; je n'aurai pas
dans le monde de meilleure amie, vous
serez à-la-fois, et ma protectrice et ma
mère , et je vous consacrerai sans cesse
tous les momens, où l'ivresse de ma passion pour Amélie ne me retiendra pas à
ses pieds. Je serai flattée de ce qui me
restera , Monrevel, reprit la comtesse
en le relevant, tout est si cher de ce
qu'on aime ; des sentimens plus vifs
m'eussent sans doute touché d'avantage,
mais dès que je n'y dois plus prétendre,
je me contenterai de cette amitié sincère dont vous me faites les sermens, et
je vous acquitterai par la mienne.....
Ecoutez, Monrevel, je vais vous donner
dès l'instant une preuve de ces sentimens que je vous jure : connaissez le desir que j'ai de faire triompher votre
amour , et de vous captiver éternellement près de moi..... Votre rival est

ici, rien de plus sûr : instruite des volontés de Charles, m'était-il possible de
lui refuser l'entrée de ce château. Tout
ce que je pourrai obtenir pour vous.....
pour vous, dont il ignore les desseins,
c'est qu'il ne paraîtra que déguisé, il
l'est déjà, et qu'il ne verra ma fille qu'a-
vec mystère. Quel parti voulez-vous que
nous prenions dans cette circonstance ?
— Celui que me dicte mon cœur, madame, la seule grâce que j'ose implorer
à vos genoux, est la permission d'aller
disputer ma maîtresse à mon rival comme
l'honneur l'inspire à un guerrier tel
que moi. — Ce parti ne vous réussira
point, Monrevel; vous ne connaissez
pas l'homme à qui vous avez affaire: le
vîtes - vous jamais dans la carrière de
l'honneur ? Honteusement au fond de sa
province, Salins, pour la première fois
de sa vie, en sort pour épouser ma fille.
Je ne conçois pas comment Charles put
imaginer un tel choix : il le veut.....nous
n'avons rien à dire ; mais je vous le répète, Salins, connu pour un traître, ne
se battra sûrement point.....; et s'il con-

D 5

naît vos projets, s'il les apprend par vos
démarchès, oh! Monrevel, je frémirai
pour vous....., Cherchons d'autres moyens
et cachons-lui nos vues...... Laissez-moi
réfléchir quelques jours, je vous ferai
part de ce que j'aurai fait; cependant de-
meurez ici, et je sémerai des bruits différens sur les motifs qui vous y retiennent.

Monrevel, trop content du peu qu'il
obtient, n'imaginant pas qu'on puisse le
tromper, parce que son cœur honnête
et sensible ne connut jamais les détours,
embrasse encore une fois les genoux de
la comtesse, et se retire avec moins de
douleur.

Madame de Sancerre profite de ces
instans pour donner les ordres utiles aux
succès de ses perfides intentions. Le
jeune parent de Clotilde secrètement
introduit dans le château, sous l'habit
d'un page de la maison, fait si bien
que Monrevel ne peut s'empêcher de
l'appercevoir. Quatre valets inconnus se
trouvent en même-temps dans la maison, et passent pour des domestiques
du comte de Sancerre, revenus chez lui

après la mort de leur maître ; mais la
comtesse a soin de faire savoir à Monrevel que ces étrangers sont de la suite de
Salins. De ce moment le chevalier peut
à peine entretenir sa maîtresse ; s'il se
présente à son appartement, les femmes
le refusent ; s'il cherche à l'aborder dans
le parc, dans les jardins, ou elle le fuit,
ou il l'apperçoit avec son rival : de tels
malheurs sont trop violens pour l'âme
bouillante de Monrevel : prêt à se dé-
sespérer, il aborde enfin Amélie, que
le faux Salins venait de quitter. Cruelle,
lui dit-il, ne pouvant plus se contenir,
vous me méprisez donc au point de vouloir former devant moi les nœuds sinistres qui vont nous séparer ? Et quand
il ne tiendrait maintenant qu'à vous,
quand je suis au moment de gagner
votre mère, c'est de vous seule, hélas !
que vient le coup qui me déchire ! Amélie, prévenue des lueurs d'espoir que la
comtesse avait donné à Monrevel, et
croyant que tout cela devait servir à
l'heureux dénouement de la scène qu'on
lui fait jouer, Amélie, dis-je, continue

D 6

de feindre ; elle répond à son amant,
qu'il est bien le maître de s'épargner le
douloureux spectacle qu'il semble appréhender, et qu'elle est la première à
lui conseiller d'aller oublier, avec Bel-
lonne, tous les chagrins que lui donne
l'amour : mais quoique la comtesse lui
eût dit, elle se garde bien d'avoir l'air
de soupçonner le courage de son amant,
Amélie connaît trop Monrevel pour
douter de lui ; elle l'aime trop au fond
de son cœur pour oser même des plai-
santeries sur une chose aussi sacrée.

C'en est donc fait ; il faut que je vous
quitte, s'écrie le châtelain, en arrosant
de larmes les genoux d'Amélie, qu'il
ose presser encore une fois ! vous avez
la force de me l'ordonner ! Eh bien ! je
trouverai dans mon esprit celle de vous
obéir. Puisse l'heureux mortel à qui je
vous laisse connaître le prix de ce que
je lui cède ! Puisse-t-il vous rendre aussi
heureuse que vous méritez de l'être.
Amélie, vous me ferez part de votre félicité ! c'est la seule grâce que je vous
demande ; et je serai moins malheureux

quand je vous aurai su dans le sein du bonheur.

Amélie ne put entendre ces derniers mots sans se sentir émue..... Des larmes involontaires la trahissent, et Monrevel la pressant alors dans ses bras, moment fortuné pour moi, s'écrie-t-il, j'ai pu lire un regret dans ce cœur que je crus à moi si long-temps! O ma chère Amélie! il n'est donc pas vrai que vous aimez Salins, puisque vous daignez pleurer Monrevel? Dites un mot, Amélie, un seul mot; et, quelle que soit la lâcheté du monstre qui vous enlève à moi, ou je le forcerai de se battre, ou je le punirai à-la-fois de son peu de courage et d'oser s'élever à vous.

Mais Amélie s'était remise : menacée de tout perdre, elle sentait trop l'importance de soutenir le rôle qui lui était enjoint pour oser faiblir un instant. Je ne déguiserai point les larmes que vous avez surprises, chevalier, dit-elle avec fermeté; mais vous en interprêtez mal la cause : un mouvement de pitié pour vous peut les avoir fait couler sans que l'amour y ait la moindre part. Accoutumée depuis long-tems à vous voir, je puis être fâchée de vous perdre sans qu'aucun sentiment plus tendre que celui de la simple amitié fonde ce chagrin dans moi. Oh ! juste ciel ! dit le châtelain, et vous m'enlevez jusqu'à la consolation dont mon cœur s'appaisait un instant !..... Amélie ! que vous êtes cruelle avec celui qui n'eut jamais d'autre tort envers vous que de vous adorer ! et ce n'est donc qu'à la pitié que je les dois ces larmes, dont je fus si glorieux une minute ? Tel est donc l'unique sentiment qu'il faille attendre de vous ?..... On approchait, et nos deux amans furent forcés de se séparer ; l'un au désespoir, sans doute, et l'autre, l'âme navrée de douleur d'une contrainte aussi cruelle..... mais néanmoins fort aise de ce qu'un évènement quelconque l'empêchait de la soutenir plus long-temps.

Plusieurs jours s'écoulèrent encore, et la comtesse en profita pour disposer ses dernières batteries, lorsque Monrevel revenant un soir du fond des jar-

dins où sa mélancolie l'avait entraîné,
se trouvant seul, et sans armes, fut brusquement attaqué par quatre hommes qui
paraissaient en vouloir à sa vie. Son courage ne l'abandonnant point dans une
si périlleuse circonstance, il se défend,
il éloigne les ennemis qui le pressent....
appelle à lui, et se dégage, secouru
par les gens de la comtesse, qui arrivent
aussi-tôt qu'ils l'entendent. La dame de
Sancerre instruite du danger qu'il vient
de courir... la perfide Sancerre qui savait mieux qu'une autre de quelles
mains partait l'artifice, prie Monrevel
de passer dans son appartement, avant
que de se retirer chez lui. Madame, lui
dit le châtelain en l'abordant... j'ignore
quels sont ceux qui menacent mes
jours, mais je ne croyais pas que dans
votre château on osât attaquer un chevalier sans armes.... Monrevel, répondit la comtesse, voyant bien qu'il était
encore agité, il m'est impossible de vous
préserver de ces périls, je ne puis qu'ai-
der à vous en défendre... On a volé vers
vous, pouvais-je davantage ?... Vous

avez à faire à un traître, je vous l'ai dit ;
envain emploirez-vous avec lui tous les
procédés de l'honneur, il n'y répondra
point, et vos jours seront toujours en
danger ; je le voudrais loin de chez moi
sans doute, mais puis-je interdire mon
château à celui que le duc de Bourgogne
veut que j'y reçoive comme un gendre ?
à celui que ma fille aime enfin, et dont
elle est aimée ? Soyez plus juste, chevalier, quand j'ai souffert autant que
vous ; mesurez l'intérêt que tout ceci
m'inspire, à la multitude des liens qui
m'attachent à votre sort. Le coup part
de Salins, je n'en saurais douter il s'est in-
formé des motifs qui vous retiennent ici,
quand tous les chevaliers sont auprès de
leurs chefs ; votre amour est malheureusement trop connu, il aura trouvé
des indiscrets... Salins se venge, et
comprenant trop bien qu'il lui est impossible de se défaire de vous, autre-
ment que par un crime, il le commet ;
le voyant manqué, il le renouvellera...
O doux chevalier, j'en frémis... j'en
frémis plus que vous encore. Eh bien !

madame, répliqua le châtelain, ordon-
nez lui de quitter ce déguisement inutile, et laissez-moi l'attaquer de manière
à l'obliger de me répondre... Eh quel
besoin est-il que Salins se déguise, si-tôt
qu'il est chez vous par ordre de son
souverain ? si-tôt qu'il est aimé de celle
qu'il y cherche, et protégé par vous,
madame ? — Par moi, chevalier, je ne
m'attendais pas à cette injure.... mais
n'importe, ce n'est pas ici le moment
de s'en justifier, répondons seulement
à vos allégations, et vous verrez quand
j'aurai tout dit, si je partage sur ce
choix les procédés de ma fille. Vous me
demandez pourquoi Salins se déguise ?
je l'ai d'abord exigé de lui, par ménagement pour vous, et s'il perpétue cette
feinte, c'est par appréhension pour lui ;
il vous redoute, il vous évite, il ne vous
attaque qu'en traître... Vous voulez que
je consente à vous laisser battre, croyez
qu'il ne l'acceptera pas, Monrevel, je
vous l'ai dit, et s'il vous en connaît le
dessein, il prendra si bien ses mesures,
que je ne pourrai même plus répondre

de vous. Ma position est telle vis-à-vis
de lui qu'il me devient impossible même
de lui faire des reproches de ce qui vient
de se passer; la vengeance n'est donc
plus qu'en vos mains, c'est à vous seul
qu'elle appartient, et je vous plains fort
si vous ne saisissez pas celle qui est légitime après l'infamie qu'il vient de
faire. Est-ce donc avec les traîtres qu'il
faut respecter les loix de l'honneur?
Et comment pouvez-vous chercher
d'autres voies que celles dont il se sert,
dès qu'il est certain qu'il n'acceptera
aucune de celles que votre valeur lui
proposera. Ne devez-vous donc pas le
prévenir, chevalier? et depuis quand la
vie d'un lâche est-elle si précieuse, que
l'on n'ose la ravir sans combattre? On
se mesure avec l'homme d'honneur, on
fait tuer celui qui a voulu nous priver du
jour; que l'exemple de vos maîtres vous
serve ici de règle; quand l'orgueil de
Charles de Bourgogne qui nous gou-
verne aujourd'hui eut à se plaindre du
duc d'Orléans, lui proposa-t-il le duel,
ou le fit-il assassiner? Ce dernier parti

lui parut le plus sûr, il le prit, et lui-
même à Montereau ne le fut-il pas à
son tour, quand le dauphin eût à s'en
plaindre? On n'est ni moins honnête, ni
moins valeureux chevalier, pour se
défaire d'un fourbe qui en veut à notre
vie... Oui, Monrevel, oui, je veux que
vous ayez ma fille, je veux que vous
l'ayez à tel prix que ce puisse être. Ne
sondez pas le sentiment qui me fait dé-
sirer de vous avoir près de moi... j'en
rougirais sans doute... et ce cœur mal
guéri.... N'importe, vous serez mon
gendre, chevalier, vous le serez.... Je
veux vous voir heureux, même aux dépends de mon bonheur... Osez-donc
me dire à présent que je protége Salins,
osez-le doux ami, et j'aurai droit au
moins de vous traiter d'injuste, quand
vous aurez méconnu mes bontés jusques-là.

Monrevel attendri, se jette aux pieds
de la comtesse, il lui demande pardon
de l'avoir mal jugée.... mais assassiner
Salins, lui paraît un crime au-dessus de
ses forces.... Oh ! madame, s'écrie-t-il

en pleurs, jamais ces mains n'oseront se
plonger dans le sein d'un être qui me
ressemble, et le meurtre le plus affreux
des crimes.... — N'en est plus un, dès
qu'il sauve nos jours.... mais quelle faiblesse, chevalier.... comme elle est dé-
placée dans un héros ! que faites-vous
donc, je vous prie, en allant aux com-
bats ? ces lauriers, qui vous ceignent,
n'y sont-ils pas le prix des meurtres ?
vous vous croyez permis de tuer l'ennemi de votre prince, et vous tremblez
à poignarder le vôtre, et quelle est donc
la loi tyrannique qui peut établir dans
la même action une différence aussi
énorme ? Ah ! Monrevel, ou nous ne
devons jamais attenter aux jours de personne, ou si cette action peut quelquefois nous paraître légitime, c'est alors
qu'elle est inspirée par la vengeance
d'une insulte.... mais que dis-je, et que
m'importe à moi ! Frémis, homme faible
et pusillanime, et dans l'absurde peur
d'un crime imaginaire, abandonne indignement celle que tu aimes aux bras
du monstre qui te la ravit, vois ta misé-

rable Amélie, séduite, désespérée, trahie, languir dans le sein du malheur, entends-la t'appeller à son secours, et toi, perfide, et toi, préférer lâchement l'infortune éternelle de celle que tu aimas, à l'action juste et nécessaire d'arracher le jour au vil bourreau de tous les deux.

La comtesse voyant chanceler Monrevel, acheva de tout mettre en usage pour lui applanir l'horreur qu'elle lui conseillait, et pour lui faire sentir que quand une telle action est aussi nécessaire, il devient très-dangereux de ne la pas commettre ; qu'en un mot, s'il ne se presse, non-seulement sa vie est à tout instant en péril, mais qu'il court même le risque de voir enlever sa maîtresse sous ses yeux, parce que Salins ne pouvant s'empêcher de s'appercevoir qu'elle ne le favorise pas, bien sûr de plaire au duc de Bourgogne, quelque soient les moyens qu'il emploiera pour avoir celle qu'il aime, la ravira peut-être au premier moment, et avec d'autant plus de facilité, qu'Amélie s'y prête ;

enfin, elle enflamme si bien l'esprit du jeune chevalier, qu'il accepte tout, et jure aux pieds de la comtesse qu'il poignardera son rival.

Jusqu'ici les vues de cette femme perfide paraissent louches, sans doute; d'affreuses suites ne les éclairciront que trop.

Monrevel sortit; mais ses résolutions changèrent bientôt, et la voix de la nature combattant malgré lui dans son âme ce que lui inspirait la vengeance, il ne voulut se résoudre à rien, qu'il n'eût employé les voies honnêtes que lui dictait l'honneur; il envoie le lendemain un cartel au prétendu Salins, et dans la même heure, il en reçoit la réponse suivante.

Je ne sais point disputer ce qui m'appartient, c'est à l'amant maltraité de sa belle, à desirer la mort; pour moi, j'aime la vie; comment ne la chérirais-je pas, quand tous les momens qui la composent sont précieux à mon Amélie? Si vous avez envie de vous battre, chevalier,

Charles a besoin de héros, volez-y;
croyez-moi, les exercices de Mars
vous conviennent mieux que les dou-
ceurs de l'amour; vous acquerrez de
la gloire en vous livrant aux uns,
les autres, sans que je risque rien,
pourraient vous coûter cher.

Le châtelain frémit de rage à la lec-
ture de ces mots. Le traître! s'écria-t-il,
il me menace, et n'ose se défendre; rien
ne m'arrête maintenant; songeons à ma
sûreté, occupons-nous de conserver l'objet de mon amour, je ne dois plus balancer un instant.... mais que dis-je....
grand Dieu! si elle l'aime.... si Amélie
brûle pour ce perfide rival, sera-ce en
lui ravissant la vie, que j'obtiendrai le
cœur de ma maîtresse? oserai-je me
présenter à elle, les mains souillées du
sang de celui qu'elle adore?... je ne lui
suis qu'indifférent aujourd'hui.... elle me
haïra, si je vais plus loin.

Telles étaient les réflexions du malheureux Monrevel.... telles étaient les
agitations qui le déchiraient, lorsqu'environ deux heures après qu'il eût reçu

la réponse qu'on vient de voir, la comtesse lui fit dire de passer chez elle.

Afin d'éviter vos reproches, chevalier,
lui dit-elle, aussi-tôt qu'il entra, j'ai pris
les mesures les plus sûres pour être in-
formée de ce qui se passe; votre vie court
de nouveaux dangers, deux crimes se
préparent à-la-fois; une heure après le
coucher du soleil, vous serez suivi par
quatre hommes, qui ne vous quitteront
plus, qu'ils ne vous aient poignardé;
Salins enlève en même temps ma fille;
si je m'y oppose, il instruit le duc de
mes résistances, et se justifie en nous
accablant tous les deux. Evitez le premier péril, en vous faisant escorter par
six de mes gens; ils vous attendent à la
porte.... Quand dix heures sonneront,
laissez-là votre suite, pénétrez seul dans
la grande salle voûtée qui communique
aux appartemens de ma fille; à l'heure
juste que je vous prescris, Salins tra-
versera cette salle pour se rendre chez
Amélie; elle l'attend, ils partent ensemble avant minuit. Alors.... armé de
ce poignard.... recevez-le, Monrevel;

c'est

c'est de mes mains que je veu**x** vous le voir prendre.... alors, dis-je, vous vous vengerez du premier crime, et vous préviendrez le second.... Vous le voyez, homme injuste, c'est moi qui veux armer le bras qui doit punir l'objet de votre haine, c'est moi qui vous rend à celle que vous devez aimer.... m'accablerez-vous encore de vos reproches?... Ingrat, voilà comme je paie tes mépris... va, cours à la vengeance, Amélie t'attend dans mes bras... Donnez, madame, dit Monrevel, trop irrité pour balancer encore, donnez, rien ne m'empêche plus d'immoler mon rival à ma rage; je lui ai proposé les voies de l'honneur, il les a refusées, c'est un lâche, il en doit subir le sort.... donnez, je vous obéis.

Le châtelain sort..... A peine eut-il quitté la comtesse, que celle-ci se hâte de mander sa fille. Amélie, lui dit-elle, nous devons maintenant être sûres de l'amour du chevalier, nous devons l'être également de sa valeur; toutes nouvelles épreuves deviendraient inutiles : j'acquiesce enfin à vos desirs; mais comme

il n'est malheureusement que trop vrai
que le duc de Bourgogne vous destine à
Salins......; qu'il n'est que trop réel qu'a-
vant huit jours il sera peut-être ici, il
ne vous reste que le parti de la fuite, si
vous voulez être à Monrevel; il faut
qu'il ait l'air de vous enlever à mon
insçu, qu'il s'autorise, pour cette démarche, des derniers desirs de mon
époux; qu'il nie avoir jamais eu connaissance du changement des volontés
de notre prince; qu'il vous épouse secrètement à Monrevel, et vole ensuite
s'excuser près du duc. Votre amant a
senti la nécessité de ces conditions; il
les a accepté toutes; mais j'ai voulu vous
prévenir avant qu'il ne s'ouvrît à vous.....
Que vous semble de ces projets, ma
fille? Y trouvez-vous quelqu'inconvé-
nient? Ils en seraient remplis, madame,
répondit Amélie avec autant de respect
que de reconnaissance, s'ils s'exécutaient
sans votre aveu; mais dès que vous daignez vous y prêter, je ne dois plus
qu'embrasser vos genoux pour vous té-
moigner combien je suis sensible à tout

ce que vous voulez bien faire pour moi. Ne perdons pas un instant, en ce cas, répondit cette femme perfide, pour qui les larmes de sa fille devenaient un nouvel outrage. Monrevel est instruit de tout; mais il est essentiel de vous déguiser, il serait imprudent que vous fussiez reconnue, avant que d'être au château de votre amant, bien plus fâcheux encore que vous fussiez peut-être rencontrée par Salins, que nous attendons chaque jour. Revêtez donc ces habits, continua la comtesse, en présentant à sa fille ceux qui avaient servi au prétendu Salins, et repassez dans votre appartement quand la sentinelle des tours avertira pour la dixième heure (1) : c'est l'instant indiqué, c'est celui où Monrevel se rendra chez vous, des chevaux vous attendent, et vous partirez sur-le-champ tous les deux.

O respectable mère, s'écria Amélie,

_____

(1) C'était l'usage de ces temps; la sentinelle placée dans la guérite du château sonnait une trompe à toutes les heures.

en se précipitant dans les bras de la comtesse ! puissiez-vous lire au fond de mon cœur les sentimens dont vous m'animez..... Puissiez-vous..... Non, non, dit madame de Sancerre, en se dégageant des bras de sa fille ; non, votre reconnaissance est inutile ; dès que votre bonheur est fait, le mien l'est aussi: ne nous occupons que de votre déguisement.

L'heure approchait. Amélie prend les habits qu'on lui présente. La comtesse ne néglige rien de tout ce qui doit la faire ressembler au jeune parent de Clotilde, pris par Monrevel pour le seigneur de Salins : à force d'art, c'est à s'y tromper. Elle sonne enfin cette heure fatale..... Partez, dit la comtesse : volez, ma fille, votre amant vous attend..... Cette intéressante créature qui craint que la nécessité d'un prompt départ l'empêche de revoir sa mère, se jette en larmes sur son sein. La comtesse, assez fausse pour cacher les atrocités qu'elle médite, sous des dehors apparens de tendresse, embrasse sa fille ; elle mêle ses pleurs aux siennes. Amélie s'arrache, elle vole à son appartement; elle ouvre la funeste salle qu'éclaire à peine une faible lueur, et dans laquelle Monrevel, un poignard à la main, attend son rival pour le renverser. Dès qu'il voit paraître quelqu'un, que tout doit lui faire prendre pour l'ennemi qu'il cherche, il s'élance impétueusement, frappe sans voir, et laisse à terre, dans des flots de sang, l'objet chéri pour lequel il eût mille fois donné tout le sien. « Traître, s'écrie aussitôt la comtesse, en paraissant avec des flambeaux : voilà comme je me venge de tes mépris; reconnais ton erreur, et vis après si tu le peux. » Amélie respirait encore : elle adresse, en gémissant, quelques mots à Monrevel. O doux ami, lui dit-elle, affaiblie par la douleur et par l'abondance du sang qu'elle perd...... Qu'ai-je fait pour mériter la mort de ta main?..... Sont-ce donc là les nœuds que m'apprêtaient ma mère? Vas, je ne te reproches rien: le ciel me fait tout voir en ces derniers instants..... Monrevel, pardonne-moi de t'avoir déguisé mon amour. Tu dois savoir ce qui m'y con-

traignait : que mes dernières paroles te
convainquent au moins que tu n'eus jamais une amie plus sincère que moi.....
que je t'aimais plus que mon dieu, plus
que ma vie, et que j'expire en t'adorant.
— Mais Monrevel n'entend plus rien.
A terre, sur le corps sanglant d'Amélie,
sa bouche colée sur celle de sa maîtresse,
il cherche à ranimer cette chère âme en
exhalant la sienne brûlée d'amour et de
désespoir...... Tour-à-tour il pleure et
s'emporte, tour-à-tour il s'accuse et
maudit l'exécrable auteur du crime qu'il
commet..... Se relevant enfin avec fureur, qu'espères-tu de cette indigne action perfide, dit-il à la comtesse, y
comptais-tu trouver l'accomplissement
de tes affreux desirs ? As-tu donc sup-
posé Monrevel assez faible pour survivre à celle qu'il adore ?..... Eloigne toi,
éloigne toi ; je ne répondrais pas, dans
l'état cruel où m'ont mis tes forfaits, de
ne les pas laver dans ton sang.... Frappe,
dit la comtesse égarée, frappe, voilà
mon sein ; crois-tu que je chéris la vie,
quand l'espoir de te posséder m'est en-

levé pour jamais ! J'ai voulu me venger, j'ai voulu me défaire d'une rivale odieuse, je ne prétends pas plus survivre à mon crime qu'à mon désespoir. Mais que ce soit ta main qui m'enlève la vie, c'est par tes coups que je veux la perdre.... Eh bien ! qui t'arrête?...... Lâche ! ne t'ai-je pas assez outragé?.... Qui peut donc retenir ta colère? Allume le flambeau de la vengeance dans ce sang précieux que je t'ai fait verser, et ne ménage plus celle que tu dois haïr sans qu'elle puisse cesser de t'adorer. Monstre! s'écria Monrevel, tu n'es pas digne de mourir..... je ne serais pas vengé.... Vis pour être en horreur à la terre, vis pour être déchiré par tes remords; il faut que tout ce qui respire sache tes horreurs et te méprise ; il faut qu'à chaque instant, effrayée de toi-même, la lumière du jour te soit insuportable : mais sache au moins que tes scélératesses ne m'enlèveront point à celle que j'adore..... Mon âme va la suivre aux pieds de l'Eternel. Nous allons tous les deux l'invoquer contre toi. A ces mots Monrevel se poi-

E 4

gnarde , et s'enlace tellement en rendant
les derniers soupirs , dans les bras de
celle qu'il chérit, il l'étraint avec tant de
violence ; qu'aucun effort humain ne
put les séparer..... Tous deux furent mis
dans le même cercueil , et déposés dans
la principale église de Sancerre , où les
vrais amans vont quelquefois encore,
verser des larmes sur leur tombe , et
lire avec attendrissement les vers suivans, gravés sur le marbre qui les couvre,
et que Louis XII ne dédaigna point de
composer :

» Plorez amans , comme vous ils s'aimèrent,
» Sans toutefois qu'hymen les réunit ;
» Par de beaux nœuds , tous deux ils se lièrent,
» Et la vengeance à jamais les rompit.

La seule comtesse survécut à ces crimes, mais pour les pleurer toute sa vie:
elle se jeta dans la plus haute piété,
et mourut dix ans après religieuse à
Auxerre, laissant la communauté édifiée
de sa conversion , et véritablement at-
tendrie de la sincérité de ses remords.

EUGÉNIE

DE

FRANVAL.

———

Instruire l'homme et corriger ses mœurs, tel est le seul motif que nous nous proposons dans cette anecdote. Que l'on se pénètre en la lisant, de la grandeur du péril, toujours sur les pas de ceux qui se permettent tout pour satisfaire leurs desirs : Puissent-ils se convaincre que la bonne éducation, les richesses, les talens, les dons de la nature, ne sont susceptibles que d'égarer, quand la retenue, la bonne conduite, la sagesse, la modestie, ne les étayent, ou ne les font valoir : voilà les vérités que nous allons mettre en action. Qu'on nous pardonne les monstrueux détails

E 5

du crime affreux dont nous sommes contraints de parler; est-il possible de faire détester de semblables écarts, si l'on n'a le courage de les offrir à nud.

Il est rare que tout s'accorde dans un même être, pour le conduire à la prospérité; est-il favorisé de la nature? La fortune lui refuse ses dons; celle-ci lui prodigue-t-elle ses faveurs? la nature l'aura maltraité; il semble que la main du Ciel ait voulu dans chaque individu, comme dans ses plus sublimes opérations, nous faire voir que les loix de l'équilibre sont les premières loix de l'Univers, celles qui règlent à la fois tout ce qui arrive, tout ce qui végète, et tout ce qui respire.

Franval, demeurant à Paris, où il était né, possédait, avec quatre cents mille livres de rente, la plus belle taille, la physionomie la plus agréable, et les talens les plus variés; mais sous cette enveloppe séduisante se cachaient tous les vices, et malheureusement ceux, dont l'adoption et l'habitude conduisent si promptement aux crimes. Un désordre d'imagination au-delà de tout ce qu'on

peut peindre, était le premier défaut de
de Franval ; on ne se corrige point de
celui-là, la diminution des forces ajoute
à ses effets ; moins l'on peut, plus l'on
entreprend ; moins on agit, plus on in-
vente ; chaque âge amène de nouvelles
idées, et la satiété loin de réfroidir, ne
prépare que des rafinemens plus funestes.

Nous l'avons dit, tous les agrémens
de la jeunesse, tous les talens qui la
décorent, Franval les possédait avec
profusion ; mais plein de mépris pour
les devoirs moraux et religieux, il était
devenu impossible à ses instituteurs de
lui en faire adopter aucun.

Dans un siècle où les livres les plus
dangereux, sont dans la main des enfans, comme dans celles de leurs pères
et de leurs gouverneurs, où la témérité
du systême passe pour de la philosophie,
l'incrédulité pour de la force, le libertinage pour de l'imagination ; on riait
de l'esprit du jeune Franval, un instant
peut-être après, en était-il grondé,
on le louait ensuite. Le père de Franval,

E 6

grand partisan des sophismes à la mode, encourageait le premier son fils à penser *solidement* sur toutes ces matières; il lui prêtait lui-même les ouvrages qui pouvaient le corrompre plus vîte; quel instituteur eût osé d'après cela, inculquer des principes différens de ceux du logis où il était obligé de plaire.

Quoiqu'il en fût, Franval perdit ses parens fort jeune, et à l'âge de dix-neuf ans, un vieux oncle qui mourut lui-même peu après, lui remit, en le mariant, tous les biens qui devaient lui appartenir un jour.

Monsieur de Franval, avec une telle fortune, devait aisément trouver à se marier; une infinité de partis se présentèrent, mais ayant supplié son oncle de ne lui donner qu'une fille plus jeune que lui, et avec le moins d'entours possible, le vieux parent, pour satisfaire son neveu, porta ses regards sur une certaine demoiselle de Farneille, fille de finance, ne possédant plus qu'une mère, encore jeune à la vérité, mais soixante mille livres de rente bien réel-

les, quinze ans, et la plus délicieuse physionomie qu'il y eût alors dans Paris....
une de ces figures de vierge, où se
peignent à-la-fois la candeur et l'aménité, sous les traits délicats de l'amour
et des grâces..... de beaux cheveux
blonds flottans au bas de sa ceinture,
de grands yeux bleus, où respiraient la
tendresse et la modestie, une taille fine,
souple et légère, la peau du lys et la
fraîcheur des roses, paîtrie de talens,
une imagination très-vive, mais un peu
triste, un peu de cette mélancolie douce,
qui fait aimer les livres et la solitude;
attributs que la nature semble n'accorder qu'aux individus que sa main destine aux malheurs, comme pour les leur
rendre moins amers, par cette volupté
sombre et touchante, qu'ils goûtent à
les sentir, et qui leur font préférer
des larmes, à la joie frivole du bonheur,
bien moins active et bien moins péné-
trante.

Madame de Farneille, âgée de trente-
deux ans, lors de l'établissement de sa
fille, avait également de l'esprit, des

charmes, mais peut-être un peu trop de réserve et de sévérité; désirant le bonheur de son unique enfant, elle avait consulté tout Paris sur ce mariage; et comme elle n'avait plus de parens, et pour conseils, que quelques-uns de ces froids amis, à qui tout est égal, on la convainquit que le jeune homme que l'on proposait à sa fille, était, sans aucun doute, ce qu'elle pouvait trouver de mieux à Paris, et qu'elle ferait une impardonnable extravagance, si elle manquait cet arrangement; il se fit donc : et les jeunes gens assez riches pour prendre leur maison, s'y établirent dès les premiers jours.

Il n'entrait dans le cœur du jeune Franval aucun de ces vices de légèreté, de dérangement ou d'étourderie, qui empêchent un homme d'être formé avant trente ans; comptant fort bien avec lui-même, aimant l'ordre, s'entendant au mieux à tenir une maison, Franval avait pour cette partie du bonheur de la vie, toutes les qualités nécessaires. Ses vices, dans un genre absolument tout autre,

étaient bien plutôt les torts de l'âge mûr,
que les inconséquences de la jeunesse...
de l'art, de l'intrigue.... de la méchanceté, de la noirceur, de l'égoïsme, beaucoup de politique, de fourberie, et ga-
zant tout cela, non-seulement par les
grâces et les talens dont nous avons
parlé, mais même par de l'éloquence....
par infiniment d'esprit, et par les dehors
les plus séduisans. Tel était l'homme que
nous avons à peindre.

Mademoiselle de Farneille, qui, selon
l'usage, avait connu tout au plus un mois
son époux avant que de se lier à lui,
trompée par ces faux brillans, en était
devenue la dupe; les jours n'étaient pas
assez longs pour le plaisir de le contem-
pler, elle l'idolâtrait, et les choses étaient
même au point qu'on eût craint pour
cette jeune personne, si quelques obstacles fussent venus troubler les douceurs d'un hymen où elle trouvait, disait-elle, l'unique bonheur de ses jours.

Quant à Franval, philosophe sur l'ar-
ticle des femmes comme sur tous les
autres objets de la vie, c'était avec le

plus beau flegme qu'il avait considéré cette charmante personne.

La femme qui nous appartient, disait-il, est une espèce d'individu que l'usage nous asservit; il faut qu'elle soit douce, soumise.... fort sage, non que je tienne beaucoup aux préjugés du déshonneur, que peut nous imprimer une épouse quand elle imite nos désordres; mais c'est qu'on n'aime pas qu'un autre s'avise d'enlever nos droits; tout le reste, parfaitement égal, n'ajoute rien de plus au bonheur.

Avec de tels sentimens dans un mari, il est facile d'augurer que des roses n'attendent pas la malheureuse fille qui doit lui être liée. Honnête, sensible, bien élevée, et volant par amour au devant des desirs du seul homme qui l'occupait au monde, madame de Franval porta ses fers les premières années sans soupçonner son esclavage; il lui était aisé de voir qu'elle ne faisait que glaner dans les champs de l'hymen, mais trop heureuse encore de ce qu'on lui laissait, sa seule étude, son attention la plus exacte, était que dans ces courts momens accordés à sa tendresse, Franval pût rencontrer au moins tout ce qu'elle croyait nécessaire à la félicité de cet époux chéri.

La meilleure de toutes les preuves pourtant, que Franval ne s'écartait pas toujours de ses devoirs, c'est que dès la première année de son mariage, sa femme, âgée pour-lors de seize ans et demi, accoucha d'une fille encore plus belle que sa mère, et que le père nomma dès l'instant Eugénie....... Eugénie, à la fois l'horreur et le miracle de la nature.

Monsieur de Franval qui, dès que cet enfant vit le jour, forma sans doute sur elle les plus odieux desseins, la sépara tout de suite de sa mère. Jusqu'à l'âge de sept ans, Eugénie fut confiée à des femmes dont Franval était sûr, et qui, bornant leurs soins à lui former un bon tempérament et à lui apprendre à lire, se gardèrent bien de lui donner aucune connaissance des principes religieux ou moraux, dont une fille de cet âge doit communément être instruite.

Madame de Farneille et sa fille, très-scandalisées de cette conduite, en firent des reproches à monsieur de Franval, qui répondit flegmatiquement, que son projet étant de rendre sa fille heureuse, il ne voulait pas lui inculquer des chimères, uniquement propres à effrayer les hommes, sans jamais leur devenir utiles; qu'une fille qui n'avait besoin que d'apprendre à plaire, pouvait au mieux ignorer des fadaises, dont la fantastique existence, en troublant le repos de sa vie, ne lui donnerait, ni une vérité de plus au moral, ni une grâce de plus au physique. De tels propos déplurent souverainement à madame de Farneille qui s'approchait d'autant plus des idées célestes, qu'elle s'éloignait des plaisirs de ce monde; la dévotion est une faiblesse inhérente aux époques de l'âge, ou de la santé. Dans le tumulte des passions, un avenir dont on se croit très-loin, inquiète peu communément, mais quand leur langage est moins vif... quand on avance vers le terme... quand tout nous quitte en-

fin, on se rejette au sein du Dieu dont
on entendit parler dans l'enfance, et si
d'après la philosophie, ces secondes illusions sont aussi fantastiques que les
autres, elles ne sont pas du moins aussi
dangereuses.

La belle-mère de Franval n'ayant
plus de parens... peu de crédit par elle-
même, et tout au plus comme nous l'a-
vons dit, quelques-uns de ces amis de
circonstance ... qui s'échappent si nous
les mettons à l'épreuve, ayant à lutter
contre un gendre aimable, jeune, bien
placé, s'imagina fort sensément qu'il
était plus simple de s'en tenir à des représentations, que d'entreprendre des
voies de rigueur, avec un homme qui
ruinerait la mère et ferait enfermer la
fille, si l'on osait se mesurer à lui;
moyennant quoi quelques remontrances
furent tout ce qu'elle hasarda, et elle
se tut, dès qu'elle vit que cela n'abou-
tissait à rien. Franval sûr de sa supé-
riorité, s'appercevant bien qu'on le crai-
gnait, ne se gêna bientôt plus, sur quoique ce pût être, et se contentant d'une

légère gaze, simplement à cause du public, il marcha droit à son horrible but.

Dès qu'Eugénie eut atteint l'âge de sept ans, Franval la conduisit à sa femme; et cette tendre mère, qui n'avait pas vu son enfant depuis qu'elle l'avait mise au monde, ne pouvant se rassasier de caresses, la tint deux heures pressée sur son sein, la couvrant de baisers, l'inondant de ses larmes. Elle voulut connaître ses petits talens ; mais Eugénie n'en avait point d'autres que de lire couramment, que de jouir de la plus vigoureuse santé, et d'être belle comme les anges. Nouveau désespoir de madame de Franval quand elle reconnut qu'il n'était que trop vrai que sa fille ignorait même les premiers principes de la religion. Eh quoi ! monsieur, dit-elle à son mari, ne l'élevez-vous donc que pour ce monde? ne daignerez-vous pas réfléchir qu'elle ne doit l'habiter qu'un instant comme nous, pour se plonger après dans une éternité, bien fatale, si vous la privez de ce qui peut l'y faire jouir d'un sort heureux aux pieds de l'être dont elle a reçu le jour. Si Eugénie ne connaît rien, madame, répondit Franval, si on lui cache avec soin ces maximes elle ne saurait être malheureuse ; car si elles sont vraies, l'Etre-Suprême est trop juste pour la punir de son ignorance, et si elles sont fausses, quelle nécessité y a-t-il de lui en parler ? A l'égard des autres soins de son éducation, fiez-vous à moi, je vous prie ; je deviens dès aujourd'hui son instituteur, et je vous réponds que, dans quelques années, votre fille surpassera tous les enfans de son âge. Madame de Franval voulut insister, appellant l'éloquence du cœur au secours de celle de la raison, quelques larmes s'exprimèrent pour elle ; mais Franval, qu'elles n'attendrirent point, n'eut pas même l'air de les appercevoir ; il fit enlever Eugénie, en disant à sa femme que, si elle s'avisait de contrarier en quoi que ce pût être, l'éducation qu'il prétendait donner à sa fille, ou qu'elle lui suggérât des principes différens de ceux dont il allait la nourrir, elle se priverait du plaisir de la voir, et qu'il enverrait sa

fille dans un de ses châteaux duquel elle
ne sortirait plus. Madame de Franval,
faite à la soumission, se tut ; elle supplia son époux de ne la point séparer
d'un bien si cher, et promit, en pleurant, de ne troubler en rien l'éducation
que l'on lui préparait.

De ce moment, mademoiselle de Franval fut placée dans un très-bel appartement voisin de celui de son père, avec
une gouvernante de beaucoup d'esprit,
une sous-gouvernante, une femme-de-
chambre et deux petites filles de son
âge, uniquement destinées à ses amuse-
mens. On lui donna des maîtres d'écri-
ture, de dessin, de poësie, d'histoire
naturelle, de déclamation, de géographie,
d'astronomie, d'anatomie, de grec, d'an-
glais, d'allemand, d'italien, d'armes, de
danse, de cheval et de musique. Eugénie
se levait tous les jours à sept heures, en
telle saison que ce fût ; elle allait man-
ger, en courant au jardin, un gros mor-
ceau de pain de seigle, qui formait tout
son déjeûner ; elle rentrait à huit heures,
passait quelques instans dans l'apparte-

ment de son père, qui folâtrait avec elle,
ou lui apprenait de petits jeux de société ; jusqu'à neuf , elle se préparait à
ses devoirs ; alors arrivait le premier
maître ; elle en recevait cinq jusqu'à
deux heures. On la servait à part avec
ses deux amies et sa première gouvernante. Le dîner était composé de légumes,
de poissons , de pâtisseries et de fruits :
jamais ni viande, ni potage, ni vin, ni
liqueurs , ni café. De trois à quatre ,
Eugénie retournait jouer une heure au
jardin avec ses petites compagnes ; elles
s'y exerçaient ensemble à la paulme, au
balon , aux quilles , au volan, ou à franchir de certains espaces donnés ; elles s'y
mettaient à l'aise suivant les saisons ; là,
rien ne contraignait leur taille ; on ne
les enferma jamais dans ces ridicules
baleines, également dangereuses à l'es-
tomac et à la poitrine, et qui, gênant la
respiration d'une jeune personne , lui at-
taquent nécessairement les poulmons. De
quatre à six, mademoiselle de Franval
recevait de nouveaux instituteurs ; et
comme tous n'avaient pu paraître dans

le même jour, les autres venaient le lendemain. Trois fois la semaine, Eugénie allait au spectacle avec son père, dans de petites loges grillées et louées à l'année pour elle. A neuf heures, elle rentrait et soupait. On ne lui servait alors que des légumes et des fruits. De dix à onze, quatre fois la semaine, Eugénie jouait avec ses femmes, lisait quelques romans et se couchait ensuite. Les trois autres jours, ceux où Franval ne soupait pas dehors, elle passait seule dans l'appartement de son père, et ce temps était employé à ce que Franval appellait *ses conférences*. Là, il inculquait à sa fille ses maximes sur la morale et sur la religion; il lui offrait, d'un côté, ce que certains hommes pensaient sur ces matières, il établissait de l'autre ce qu'il admettait lui-même.

Avec beaucoup d'esprit, des connaissances étendues, une tête vive, et des passions qui s'allumaient déjà, il est facile de juger des progrès que de tels systêmes faisaient dans l'âme d'Eugénie; mais comme l'indigne Franval n'avait

pas

pas pour simple objet de raffermir la
tête, ses conférences se terminaient rarement sans enflammer le cœur; et cet
homme horrible avait si bien trouvé le
moyen de plaire à sa fille, il la subornait
avec un tel art, il se rendait si bien
utile à son instruction et à ses plaisirs,
il volait avec tant d'ardeur au-devant
de tout ce qui pouvait lui être agréable,
qu'Eugénie, au milieu des cercles les
plus brillans, ne trouvait rien d'aimable
comme son père; et qu'avant même que
celui-ci ne s'expliquât, l'innocente et
faible créature avait réuni pour lui dans
son jeune cœur, tous les séntimens d'a-
mitié, de reconnaissance et de tendresse
qui doivent nécessairement conduire au
plus ardent amour; elle ne voyait que
Franval au monde; elle n'y distinguait
que lui, elle se révoltait à l'idée de tout
ce qui aurait pu l'en séparer; elle lui
aurait prodigué, non son honneur, non
ses charmes, tous ces sacrifices lui eussent
paru trop légers pour le touchant objet
de son idolâtrie, mais son sang, mais

Tome IV.   F

sa vie même, si ce tendre ami de son âme eût pu l'exiger.

Il n'en était pas de même des mouvemens du cœur de mademoiselle de Franval pour sa respectable et malheureuse mère. Le père, en disant adroitement à sa fille que madame de Franval, étant sa femme, exigeait de lui des soins qui le privaient souvent de faire pour sa chère Eugénie, tout ce que lui dictait son cœur, avait trouvé le secret de placer dans l'âme de cette jeune personne bien plus de haine et de jalousie, que de la sorte de sentimens respectables et tendres qui devaient y naître pour une telle mère.

Mon ami, mon frère, disait quelquefois Eugénie à Franval, qui ne voulait pas que sa fille employât d'autres expressions avec lui.... cette femme que tu appelles la tienne, cette créature qui, selon toi, m'a mise au monde, est donc bien exigeante, puisqu'en voulant toujours t'avoir près d'elle, elle me prive du bonheur de passer ma vie avec toi... Je le vois bien, tu la préfères à ton Eugénie. Pour moi, je n'aimerai jamais ce qui me ravira ton cœur. Ma chère amie, répondait Franval, non, qui que ce soit dans l'univers n'acquerra d'aussi puissans droits que les tiens; les nœuds qui existent entre cette femme et ton meilleur ami, fruits de l'usage et des conventions sociales, philosophiquement vus par moi, ne balanceront jamais ceux qui nous lient..... tu seras toujours préférée, Eugénie; tu seras l'ange et la lumière de mes jours, le foyer de mon âme et le mobile de mon existence. Oh! que ces mots sont doux, répondait Eugénie! répète-les souvent, mon ami... Si tu savais comme me flattent les expressions de ta tendresse! Et prenant la main de Franval qu'elle appuyait contre son cœur.... tiens, tiens, je les sens toutes là, continuait-elle. Que tes tendres caresses m'en assurent, répondait Franval, en la pressant dans ses bras.... et le perfide achevait ainsi, sans aucun remords, la séduction de cette malheureuse.

Cependant Eugénie atteignait sa qua-

torzième année, telle était l'époque où
Franval voulait consommer son crime.
Frémissons!..... Il le fut.

On revint à Paris, mais les criminels
plaisirs dont s'était enivré cet homme
pervers, avaient trop délicieusement
flatté ses facultés physiques et morales,
pour que l'inconstance qui rompait ordi-
nairement toutes ses autres intrigues,
pût briser les nœuds de celle-ci. Il devint éperdûment amoureux, et de cette
dangereuse passion dut naître inévita-
blement le plus cruel abandon de sa
femme..... quelle victime hélas! madame de Franval, âgée pour lors de
trente et un an, était à la fleur de sa plus
grande beauté; une impression de tris-
tesse inévitable d'après les chagrins qui
la consumaient, la rendait plus intéressante encore; inondée de ses larmes,
dans l'abattement de la mélancolie...
ses beaux cheveux négligemment épars
sur une gorge d'albâtre.... ses lèvres
amoureusement empreintes sur le por-
trait chéri de son infidèle et de son tyran, elle ressemblait à ces belles vierges

que peignît Michel-Ange au sein de la
douleur ; elle ignorait cependant encore
ce qui devait completter son tourment.
La façon dont on instruisait Eugénie ,
les choses essentielles qu'on lui laissait
ignorer, ou dont on ne lui parlait que
pour les lui faire haïr ; la certitude
qu'elle avait, que ces devoirs, méprisés
de Franval, ne seraient jamais permis
à sa fille ; le peu de temps qu'on lui accordait pour voir cette jeune personne ,
la crainte que l'éducation singulière
qu'on lui donnait, n'entraînât tôt ou tard
des crimes, les égaremens de Franval
enfin, sa dureté journalière envers elle...
elle qui n'était occupée que de le prévenir, qui ne connaissait d'autres charmes
que de l'intéresser ou de lui plaire ; telles
étaient jusqu'alors les seules causes de
son affliction. De quels traits douloureux cette âme tendre et sensible , ne
serait-elle pas pénétrée, aussi-tôt qu'elle
apprendrait tout.

Cependant l'éducation d'Eugénie continuait ; elle-même avait désiré de suivre
ses maîtres jusqu'à seize ans, et ses ta-

F 3

lens, ses connaissances étendues... les
grâces qui se développaient chaque jour
en elle... tout enchaînait plus forte-
ment Franval; il était facile de voir
qu'il n'avait jamais rien aimé comme
Eugénie.

On n'avait changé au premier plan de
vie de mademoiselle de Franval, que le
temps des conférences; ces tête-à-têtes
avec son père, se renouvellaient beaucoup plus, et se prolongeaient très-avant
dans la nuit. La seule gouvernante d'Eugénie, était au fait de toute l'intrigue,
et l'on comptait assez solidement sur
elle, pour ne point redouter son indiscrétion. Il y avait aussi quelques
changemens dans les repas d'Eugénie,
elle mangeait avec ses parens. Cette
circonstance dans une maison comme
celle de Franval, mit bientôt Eugénie
à portée de connaître du monde, et d'être
desirée pour épouse. Elle fut demandée
par plusieurs personnes. Franval certain
du cœur de sa fille, et ne croyant point
devoir redouter ces démarches, n'avait
pourtant pas assez réfléchi que cette

affluence de propositions parviendrait peut-être à tout dévoiler.

Dans une conversation avec sa fille, faveur si desirée de madame de Franval, et qu'elle obtenait si rarement, cette tendre mère apprit à Eugénie que monsieur de Colunce la voulait en mariage; vous connaissez cet homme, ma fille, dit madame de Franval, il vous aime, il est jeune, aimable, il sera riche, il n'attend que votre aveu ... que votre unique aveu, ma fille... qu'elle sera ma réponse? Eugénie surprise, rougit, et répond qu'elle ne se sent encore aucun goût pour le mariage; mais qu'on peut consulter son père; elle n'aura d'autres volontés que les siennes. Madame de Franval ne voyant rien que de simple dans cette réponse, patienta quelques jours; et trouvant enfin l'occasion d'en parler à son mari, elle lui communiqua les intentions de la famille du jeune Colunce, et celles que lui-même avait témoignées, elle y joignit la réponse de sa fille. On imagine bien que Franval savait tout; mais se déguisant sans se

contraindre néanmoins assez, madame,
dit-il sèchement à son épouse, je vous
demande avec instance de ne point vous
mêler d'Eugénie; aux soins que vous
m'avez vu prendre à l'éloigner de vous,
il a dû vous être facile de reconnaître
combien je desirais que ce qui la con-
cernait, ne vous regardât nullement. Je
vous renouvelle mes ordres sur cet objet... vous ne les oublierez plus, je m'en
flatte? — Mais que répondrai-je, monsieur, puisque c'est à moi qu'on s'a-
dresse? — Vous direz que je suis sensible à l'honneur qu'on me fait, et que
ma fille a des défauts de naissance qui
s'opposent aux nœuds de l'hymen. —
Mais, monsieur, ces défauts ne sont
point réels; pourquoi voulez-vous que
j'en impose, et pourquoi priver votre
fille unique, du bonheur qu'elle peut
trouver dans le mariage? — Ces liens
vous ont-ils rendu fort heureuse, madame? — Toutes les femmes n'ont pas
les torts que j'ai eu, sans doute, de ne
pouvoir réussir à vous enchaîner, (et
avec un soupir) ou tous les maris ne

vous ressemblent pas. — Les femmes...
fausses, jalouses, impérieuses, coquettes
ou dévotes... les maris, perfides, in-
constans, cruels ou despotes, voilà l'a-
brégé de tous les individus de la terre,
madame, n'espérez pas trouver un phœ-
nix. — Cependant tout le monde se
marie. — Oui, les sots ou les oisifs;
on ne se marie jamais, dit un philosophe, que *quand on ne sait ce qu'on
fait, ou quand on ne sait plus que
faire.* — Il faudrait donc laisser périr
l'univers?—Autant vaudrait; une plante
qui ne produit que du venin, ne saurait
être extirpée trop tôt. — Eugénie vous
saura peu de gré de cet excès de rigueur
envers elle. — Cet hymen paraît-il lui
plaire ? — Vos ordres sont ses loix, elle
l'a dit. — Eh bien! madame, mes ordres
sont que vous laissiez-là cet hymen; et
monsieur de Franval sortit en renouvellant à sa femme les défenses les plus
rigoureuses de lui parler de cela davantage.

Madame de Franval ne manqua pas
de rendre à sa mère la conversation

qu'elle venait d'avoir avec son mari, et madame de Farneille, plus fine, plus accoutumée aux effets des passions que son intéressante fille, soupçonna tout de suite, qu'il y avait là quelque chose de surnaturel.

Eugénie voyait fort peu sa grand'mère, une heure au plus, aux événemens, et toujours sous les yeux de Franval. Madame de Farneille ayant envie de s'éclaircir, fit donc prier son gendre de lui envoyer un jour sa petite fille, et de la lui laisser un après-midi tout entier, pour la dissiper, disait-elle, d'un accès de migraine dont elle se trouvait accablée; Franval fit répondre aigrément, qu'il n'y avait rien qu'Eugénie craignît comme les vapeurs, qu'il la mènerait pourtant où on la desirait, mais qu'elle n'y pouvait rester long-temps, à cause de l'obligation où elle était de se rendre de là à un cours de physique qu'elle suivait avec assiduité.

On se rendit chez madame de Farneille, qui ne cacha point à son gendre l'étonnement dans lequel elle était du refus de l'hymen proposé. Vous pouvez, je crois, sans crainte, poursuivit-elle, permettre que votre fille me convainque elle-même du défaut qui, selon vous, doit la priver du mariage? Que ce défaut soit réel ou non, madame, dit Franval, un peu surpris de la résolution de sa belle-mère, le fait est qu'il m'en coûterait fort cher pour marier ma fille, et que je suis encore trop jeune pour consentir à de pareils sacrifices; quand elle aura vingt-cinq ans, elle agira comme bon lui semblera; qu'elle ne compte point sur moi jusqu'à cette époque; et vos sentimens sont-ils les mêmes, Eugénie, dit madame de Farneille; ils diffèrent en quelque chose, madame, dit mademoiselle de Franval avec beaucoup de fermeté; monsieur me permet de me marier à vingt-cinq ans, et moi, je proteste à vous et à lui, madame, de ne profiter de ma vie d'une permission... qui, avec ma façon de penser, ne contribuerait qu'au malheur de mes jours. On n'a point de façon de penser à votre âge, mademoiselle, dit madame de Farneille, et il y a dans tout ceci quelque chose d'extraordinaire, qu'il faudra pourtant bien que je démêle. Je vous y exhorte, madame, dit Franval, en emmenant sa fille; vous ferez même très-bien d'employer votre clergé pour parvenir au mot de l'énigme, et quand toutes vos puissances auront habilement agi, quand vous serez instruite enfin, vous voudrez bien me dire si j'ai tort ou si j'ai raison de m'opposer au mariage d'Eugénie.

Le sarcasme qui portait sur les conseillers ecclésiastiques de la belle-mère de Franval, avait pour but un personnage respectable, qu'il est à propos de faire connaître, puisque la suite des évènemens va le montrer bientôt en action.

Il s'agissait du directeur de madame de Farneille et de sa fille.... l'un des hommes le plus vertueux qu'il y eût en France; honnête, bienfaisant, plein de candeur et de sagesse, monsieur de Clervil, loin de tous les vices de sa robe, n'avait que des qualités douces et utiles. Appui certain du pauvre, ami

sincère de l'opulent, consolateur du malheureux, ce digne homme réunissait
tous les dons qui rendent aimable, à
toutes les vertus qui font l'homme sensible.

Clervil consulté, répondit en homme
de bon sens, qu'avant de prendre aucun
parti dans cette affaire, il fallait démê-
ler les raisons de monsieur de Franval,
pour s'opposer au mariage de sa fille ; et
quoique madame de Farneille lança
quelques traits propres à faire soupçonner l'intrigue, qui n'existait que trop
réellement, le prudent directeur rejetât
ces idées, et les trouvant beaucoup trop
outrageuses pour madame de Franval et
pour son mari, il s'en éloigna toujours
avec indignation.

C'est une chose si affligeante que le
crime, madame, disait quelquefois cet
honnête homme, il est si peu vraisem-
blable de supposer qu'un être sage fran-
chisse volontairement toutes les digues
de la pudeur, et tous les freins de la
vertu, que ce n'est jamais qu'avec la
répugnance la plus extrême, que je me

détermine à prêter de tels torts; livrons-
nous rarement aux soupçons du vice; ils
sont souvent l'ouvrage de notre amour-
propre, presque toujours le fruit d'une
comparaison sourde, qui se fait au fond
de notre âme; nous nous pressons d'ad-
mettre le mal, pour avoir droit de
nous trouver meilleurs. En y réfléchis-
sant bien, ne vaudrait-il pas mieux, madame, qu'un tort secret ne fût jamais
dévoilé, que d'en supposer d'illusoires
par une impardonnable précipitation, et
de flétrir ainsi sans sujet, à nos yeux,
des gens, qui n'ont jamais commis
d'autres fautes que celles que leur a
prêté notre orgueil; tout ne gagne-t-il
pas d'ailleurs à ce principe? N'est-il pas
infiniment moins nécessaire de punir un
crime, qu'il n'est essentiel d'empêcher
ce crime de s'étendre? En le laissant
dans l'ombre qu'il recherche, n'est-il pas
comme anéanti? le scandale est sûr en
l'ébruitant, le récit qu'on en fait, ré-
veille les passions de ceux qui sont
enclins au même genre de délits; l'in-
séparable aveuglement du crime flatte

l'espoir qu'à le coupable d'être plus heureux que celui qui vient d'être reconnu ;
ce n'est pas une leçon qu'on lui a donné,
c'est un conseil, et il se livre à des excès
qu'il n'eût peut-être jamais osé, sans
l'imprudent éclat.... faussement pris pour
de la justice.... et qui n'est que de la
rigueur mal conçue, ou de la vanité
qu'on déguise.

Il ne se prit donc d'autre résolution
dans ce premier comité, que celle, de
vérifier avec exactitude les raisons de
l'éloignement de Franval pour le mariage de sa fille, et les causes qui faisaient partager à Eugénie cette même
manière de penser : on se décida à ne
rien entreprendre que ces motifs ne
fussent dévoilés.

Eh bien ! Eugénie, dit Franval le soir
à sa fille, vous le voyez, on veut nous
séparer, y réussira-t-on, mon enfant ?....
Parviendra-t-on à briser les plus doux
nœuds de ma vie ? — Jamais..... jamais,
ne l'appréhende pas, ô mon plus tendre
ami ! ces nœuds que tu délectes me sont
aussi précieux qu'à toi ; tu ne m'as point

trompée, tu m'as fais voir, en les formant, à quel point ils choquaient nos
mœurs; et peu effrayée de franchir des
usages qui, variant à chaque climat,
ne peuvent avoir rien de sacré, je les ai
voulu ces nœuds, je les ai tissu sans remords, ne crains donc pas que je les
rompe. — Hélas ! qui sait ?..... Colunce
est plus jeune que moi..... Il a tout ce qu'il
faut pour te charmer : n'écoute pas, Eugénie, un reste d'égarement qui t'aveugle
sans doute; l'âge et le flambeau de la raison
en dissipant le prestige, produiront bientôt des regrets, tu les déposeras dans
mon sein, et je ne me pardonnerai pas
de les avoir fait naître ! Non, reprit Eugénie fermement, non, je suis décidée
à n'aimer que toi seul ; je me croirais la
plus malheureuse des femmes, s'il me
fallait prendre un époux.... Moi, poursuivit-elle avec chaleur, moi, me joindre
à un étranger qui, n'ayant pas comme
toi de doubles raisons pour m'aimer,
mettrait à la mesure de ses sentimens,
tout au plus celle de ses desirs.... Abandonnée, méprisée par lui, que devien-

drais-je après? Prude., dévote, ou catin?
Eh! non, non. J'aime mieux être ta maîtresse, mon ami. Oui, je t'aime mieux
cent fois, que d'être réduite à jouer dans
le monde l'un ou l'autre de ces rôles in-
fâmes...... Mais quelle est la cause de
tout ce train, poursuivait Eugénie avec aigreur?... La sais-tu, mon ami? Quelle elle
est?....Ta femme?... Elle seule....Son im-
placable jalousie..... N'en doute point,
voilà les seuls motifs des malheurs dont
on nous menace.... Ah! je ne l'en blâme
point : tout est simple.... tout se conçoit...
tout se fait quand il s'agit de te conserver.
Que n'entreprendrais-je pas si j'étais à sa
place, et qu'on voulût m'enlever ton
cœur ?

Franval, étonnamment ému, embrasse
mille fois sa fille; et celle-ci, plus en-
couragée par ces criminelles caresses,
développant son âme atroce avec plus
d'énergie, hazarda de dire à son père,
avec une impardonnable impudence,
que la seule façon d'être moins observés
l'un et l'autre était de donner un amant
à sa mère. Ce projet divertit Franval;

mais bien plus méchant que sa fille, et voulant préparer imperceptiblement ce jeune cœur à toutes les impressions de haine qu'il desirait y semer pour sa femme ; il répondit que cette vengeance lui paraissait trop douce ; qu'il y avait bien d'autres moyens de rendre une femme malheureuse quand elle donnait de l'humeur à son mari.

Quelques semaines se passèrent ainsi, pendant lesquelles Franval et sa fille se décidèrent enfin au premier plan conçu pour le désespoir de la vertueuse épouse de ce monstre, croyant, avec raison, qu'avant d'en venir à des procédés plus indignes, il fallait au moins essayer celui d'un amant qui, non-seulement pourrait fournir matière à tous les autres, mais qui, s'il réussissait, obligerait nécessairement alors madame de Franval à ne plus tant s'occuper des torts d'autrui, puisqu'elle en aurait elle-même d'aussi constatés. Franval porta les yeux pour l'exécution de ce projet sur tous les jeunes gens de sa connaissance ; et, après avoir bien réfléchi, il ne trouva

que Valmont qui lui parut susceptible
de le servir.

Valmont avait trente ans, une figure
charmante, de l'esprit, bien de l'imagination, pas le moindre principe, et par
conséquent très-propre à remplir le rôle
qu'on allait lui offrir. Franval l'invite un
jour à dîner, et le prenant à part au sortir de table : Mon ami, lui dit-il, je t'ai
toujours cru digne de moi ; voici l'instant
de me prouver que je n'ai pas eu tort :
j'exige une preuve de tes sentimens....
mais une preuve très - extraordinaire.
— De quoi s'agit-il ? explique-toi, mon
cher, et ne doute jamais de mon empres-
sement à t'être utile ?—Comment trouves-
tu ma femme ? — Délicieuse ; et si tu
n'en étais pas le mari, il y a long-temps
que j'en serais l'amant. — Cette considération est bien délicate, Valmont, mais
elle ne me touche pas. — Comment ? —
Je m'en vais t'étonner..... c'est précisé-
ment parce que tu m'aimes..... précisé-
ment parce que je suis l'époux de madame de Franval que j'exige de toi d'en
devenir l'amant. — Es-tu fou ? — Non,

mais fantasque.... mais capricieux, il y
à long-temps que tu me connais sur ce
ton...... je veux faire faire une chûte à
la vertu, et je prétends que ce soit toi
qui la prenne au piége. — Quelle extravagance! — Pas un mot, c'est un chef-
d'œuvre de raison. — Quoi! tu veux que
je te fasse......? — Oui, je le veux, je
l'exige, et je cesse de te regarder comme
mon ami, si tu me refuses cette faveur....
je te servirai..... je te procurerai des instans.... je les multiplierai.... tu en pro-
fiteras; et, dès que je serai bien certain
de mon sort, je me jeterai, s'il le faut,
à tes pieds pour te remercier de ta complaisance. — Franval, je ne suis pas ta
dupe; il y a la-dessous quelque chose de
fort étonnant.... Je n'entreprends rien
que je ne sache tout. — Oui.... mais je te
crois un peu scrupuleux, je ne te soupçonne pas encore assez de force dans
l'esprit pour être susceptible d'entendre
le développement de tout ceci.... Encore
des préjugés...... de la chevalerie, je
gage?... tu frémiras comme un enfant
quand je t'aurai tout dit, et tu ne vou-

dras plus rien faire. — Moi, frémir ?....
je suis en vérité confus de ta façon de
me juger : apprends, mon cher, qu'il
n'y a pas un égarement dans le monde....
non, pas un seul, de quelqu'irrégularité
qu'il puisse être, qui soit capable d'a-
larmer un instant mon cœur. — Valmont,
as - tu quelquefois fixé Eugénie ? — Ta
fille ? — Ou ma maîtresse, si tu l'aimes
mieux ? — Ah! scélérat, je te comprends.
— Voilà la première fois de ma vie où
je te trouve de la pénétration. — Comment ? d'honneur, tu aimes ta fille ? —
Oui, mon ami, comme Loth; j'ai toujours été pénétré d'un si grand respect
pour les livres saints, toujours si con-
vaincu qu'on gagnait le ciel en imitant
ses héros !.... Ah! mon ami, la folie de
Pygmalion ne m'étonne plus.... L'u-
nivers n'est-il donc pas rempli de ces fai-
blesses ? N'a - t - il pas fallu commencer
par-là pour peupler le monde ? Et ce qui
n'était pas un mal alors, peut - il donc
l'être devenu ? Quelle extravagance!
une jolie personne ne saurait me tenter,
parce que j'aurais le tort de l'avoir mis

au monde, ce qui doit m'unir plus inti-
mement à elle, deviendrait la raison
qui m'en éloignerait? C'est parce qu'elle
me ressemblerait, parce qu'elle serait
issue de mon sang, c'est-à-dire, parce
qu'elle réunirait tous les motifs qui
peuvent fonder le plus ardent amour,
que je la verrais d'un œil froid?.... Ah!
quels sophismes...... quelle absurdité!
Laissons aux sots ces ridicules freins, ils
ne sont pas faits pour des âmes telles
que les nôtres; l'empire de la beauté,
les saints droits de l'amour, ne connaissent point les futiles conventions
humaines; leur ascendant les anéantit
comme les rayons de l'astre du jour
épure le sein de la terre des brouillards
qui la couvrent la nuit. Foulons aux
pieds ces préjugés atroces, toujours ennemis du bonheur; s'ils séduisirent quelquefois la raison, ce ne fut jamais qu'aux
dépens des plus flatteuses jouissances....
qu'ils soient à jamais méprisés par nous.
Tu me convaincs, répondit Valmont, et
je t'accorde bien facilement, que ton
Eugénie doit être une maîtresse déli-

cieuse ; beauté bien plus vive que sa
mère, si elle n'a pas tout-à-fait, comme
ta femme, cette langueur qui s'empare
de l'âme avec tant de volupté, elle a ce
piquant qui nous dompte, qui semble
en un mot, subjuguer tout ce qui voudrait user de résistance ; si l'une à l'air
de céder, l'autre exige ; ce que l'une
permet, l'autre l'offre, et j'y conçois
beaucoup plus de charmes. — Ce n'est
pourtant pas Eugénie que je te donne,
c'est sa mère. — Eh, quelle raison t'engage à ce procédé ? — Ma femme est
jalouse, elle me gêne, elle m'examine ;
elle veut marier Eugénie, il faut que je
lui fasse avoir des torts, pour réussir à
couvrir les miens, il faut donc que tu
l'aies..... que tu t'en amuses quelque
temps.... que tu la trahisses ensuite....
que je te surprenne dans ses bras.....
que je la punisse, ou qu'au moyen de
cette découverte j'achète la paix de part
et d'autre dans nos mutuelles erreurs....
mais point d'amour, Valmont, du sang-
froid, enchaîne-là, et ne t'en laisse pas
maîtriser ; si le sentiment s'en mêle,

mes projets sont au diable.—Ne crains
rien, ce serait la première femme qui
aurait échauffé mon cœur.

Nos deux scélérats convinrent donc
de leurs arrangemens, et il fut résolu
que dans très-peu de jours, Valmont en-
treprendrait madame de Franval avec
pleine permission d'employer tout ce
qu'il voudrait pour réussir.... même l'a-
veu des amours de Franval, comme le
plus puissant des moyens pour déterminer cette honnête femme à la vengeance.

Eugénie, à qui le projet fut confié,
s'en amusa prodigieusement; l'infâme
créature osa dire que si Valmont réussissait, pour que son bonheur, à elle,
devint aussi complet qu'il pourrait l'être,
il faudrait qu'elle pût s'assurer par ses
yeux même, de la chûte de sa mère,
qu'elle pût voir cette héroïne de vertu,
céder incontestablement aux attraits
d'un plaisir, qu'elle blâmait avec tant
de rigueur.

Enfin le jour arrive où la plus sage et
la plus malheureuse des femmes va,

non-seulement

non-seulement recevoir le coup le plus sensible qui puisse lui être porté, mais où elle va être assez outragée de son affreux époux pour être abandonnée.... livrée par lui-même à celui par lequel il consent d'être déshonoré... Quel délire!... quel mépris de tous les principes, et dans quelles vues la nature peut-elle créer des cœurs aussi dépravés que ceux-là!... Quelques conversations préliminaires avaient disposé cette scène; Valmont, d'ailleurs, était assez lié avec Franval, pour que sa femme, à qui cela était déjà arrivé sans risque, pût n'en imaginer aucun à rester tête-à-tête avec lui. Tous trois étaient dans le salon, Franval se lève, je me sauve, dit-il, une affaire importante m'appelle... C'est vous mettre avec votre gouvernante, madame, ajouta-t-il, en riant, que de vous laisser avec Valmont, il est si sage.... mais s'il s'oublie, vous me le direz, je ne l'aime pas encore au point de lui céder mes droits... et l'impudent s'échappe.

Après quelques propos ordinaires, nés de la plaisanterie de Franval, Valmont

dit qu'il trouvait son ami changé depuis
six mois; je n'ai pas trop osé lui en demander la raison, continua-t-il, mais il
a l'air d'avoir des chagrins. Ce qu'il y a
de bien sûr, répondit madame de Franval, c'est qu'il en donne furieusement
aux autres. — Oh, ciel! que m'appre-
nez-vous?.... mon ami aurait avec vous
des torts? — Puissions-nous n'en être
encore que là! — Daignez m'instruire,
vous connaissez mon zèle.... mon inviolable attachement. — Une suite de
désordres horribles.... une corruption de
mœurs, des torts enfin de toutes les espèces.... le croiriez-vous? On nous propose pour sa fille le mariage le plus
avantageux.... il ne le veut pas.... Et ici
l'adroit Valmont détourne les yeux, de
l'air d'un homme qui pénètre.... qui
gémit, et qui craint de s'expliquer. Comment, monsieur, reprend madame de
Franval, ce que je vous dis ne vous
étonne pas? votre silence est bien sin-
gulier. — Ah! madame,.ne vaut-il pas
mieux se taire, que de parler pour dé-
sespérer ce qu'on aime? — Quelle est

cette énigme, expliquez-la, je vous conjure. Comment voulez-vous que je ne frémisse pas à vous déssiller les yeux, dit Valmont, en saisissant avec chaleur une des mains de cette intéressante femme. Oh ! monsieur, reprit madame de Franval très-animée, ou ne dites plus mot, ou expliquez-vous, je l'exige.... la situation où vous me tenez, est affreuse. Peut-être bien moins que l'état où vous me réduisez vous-même, dit Valmont, laissant tomber sur celle qu'il cherche à séduire, des regards enflammés d'amour. — Mais que signifie tout cela, monsieur, vous commencez par m'alarmer, vous me faites desirer une explication, osant ensuite me faire entendre des choses que je ne dois ni ne peux souffrir, vous m'ôtez les moyens de savoir de vous ce qui m'inquiète aussi cruellement. Parlez, monsieur, parlez, ou vous allez me réduire au désespoir. — Je serai donc moins obscur, puisque vous l'exigez, madame, et quoiqu'il m'en coûte à déchirer votre cœur.... apprenez le motif cruel qui fonde les

refus que votre époux fait à monsieur
de Colunce.... Eugénie....— Eh bien !
— Eh bien ! madame, Franval l'adore ;
moins son père aujourd'hui que son
amant, il préférerait l'obligation de renoncer au jour, à celle de céder Eugénie.

Madame de Franval n'avait pas en-
tendu ce fatal éclaircissement sans une
révolution qui lui fit perdre l'usage de
ses sens ; Valmont s'empresse de la se-
courir, et dès qu'il a réussi..... vous
voyez, continue-t-il, madame, ce que
coûte l'aveu que vous avez exigé.... Je
voudrais pour tout au monde.... Laissez-
moi, monsieur, laissez-moi, dit madame
de Franval dans un état difficile à peindre, après d'aussi violentes secousses,
j'ai besoin d'être un instant seule. — Et
vous voudriez que je vous quittasse dans
cette situation ? ah ! vos douleurs sont
trop vivement ressenties de mon âme,
pour que je ne vous demande pas la
permission de les partager ; j'ai fait la
plaie, laissez-moi la guérir. — Franval
amoureux de sa fille, juste ciel ! cette

créature que j'ai porté dans mon sein,
c'est elle qui le déchire avec tant d'atro-
cité !... Un crime aussi épouvantable....
ah ! monsieur, cela se peut-il ?... en
êtes-vous bien sûr ? — Si j'en doutais
encore, madame, j'aurais gardé le silence, j'eusse aimé mieux cent fois ne
vous rien dire, que de vous alarmer en
vain; c'est de votre époux même que je
tiens la certitude de cette infamie, il
m'en a fait la confidence; quoiqu'il en
soit, un peu de calme, je vous en supplie; occupons-nous plutôt maintenant
des moyens de rompre cette intrigue,
que de ceux de l'éclaircir; or, ces moyens
sont en vous seule.. — Ah ! pressez-vous
de me les apprendre.... ce crime me fait
horreur. — Un mari du caractère de
Franval, madame, ne se ramène point
par de la vertu; votre époux croit peu à
la sagesse des femmes; fruit de leur orgueil ou de leur tempérament, pré-
tend-il, ce qu'elles font pour se conserver
à nous, est bien plus, pour se contenter
elles-mêmes, que pour nous plaire ou
nous enchaîner.... Pardon, madame,

G 3

mais je ne vous déguiserai pas que je pense assez comme lui sur cet objet; je n'ai jamais vu que ce fût avec des vertus qu'une femme parvînt à détruire les vices de son époux; une conduite à-peu-près semblable à celle de Franval, le piquerait beaucoup davantage, et vous le ramènerait bien mieux; la jalousie en serait la suite assurée, et que de cœurs rendus à l'amour par ce moyen toujours infaillible; votre mari voyant alors que cette vertu à laquelle il est fait, et qu'il a l'impudence de mépriser, est bien plus l'ouvrage de la réflexion, que de l'insouciance ou des organes, apprendra réellement à l'estimer en vous, au moment où il vous croira capable d'y manquer;... il imagine... il ose dire que si vous n'avez jamais eue d'amans, c'est que vous n'avez jamais été attaquée; prouvez-lui qu'il ne tient qu'à vous de l'être.... de vous venger de ses torts et de ses mépris; peut-être aurez-vous fait un petit mal, d'après vos rigoureux principes; mais que de maux vous aurez prévenu; quel époux vous aurez converti! et pour un léger outrage à la déesse que vous révérez, quel sectateur n'aurez-vous pas ramené dans son temple? Ah! madame, je n'en appelle qu'à votre raison. Par la conduite que j'ose vous prescrire, vous ramenez à jamais Franval, vous le captivez éternellement; il vous fuit, par une conduite contraire, il s'échappe pour ne plus revenir; oui, madame, j'ose le certifier, ou vous n'aimez pas votre époux, ou vous ne devez pas balancer.

Madame de Franval, très-surprise de ce discours, fut quelque temps sans y répondre; reprenant ensuite la parole, en se rappellant les regards de Valmont, et ses premiers propos. Monsieur, dit-elle, avec adresse, à supposer que je cédasse aux conseils que vous me donnez, sur qui croiriez-vous que je dusse jeter les yeux pour inquiéter davantage mon mari? Ah! s'écria Valmont, ne voyant pas le piége qu'on lui tendait; chère et divine amie.... sur l'homme de l'Univers qui vous aime le mieux, sur celui qui vous adore depuis qu'il vous connaît, et qui jure à vos pieds de

mourir sous vos loix.... Sortez, monsieur, sortez, dit alors impérieusement
madame de Franval, et ne reparaissez
jamais devant mes yeux, votre artifice
est découvert; vous ne prêtez à mon
mari, des torts..... qu'il est incapable
d'avoir, que pour mieux établir vos perfides séductions; apprenez que fût-il
même coupable, les moyens que vous
m'offrez, répugneraient trop à mon
cœur pour les employer un instant; jamais les travers d'un époux ne légitiment
ceux d'une femme; ils doivent devenir
pour elle des motifs de plus d'être sage,
afin que le juste, que l'éternel trouvera
dans les villes affligées et prêtes à subir
les effets de sa colère, puisse écarter,
s'il se peut, de leur sein, les flammes
qui vont les dévorer.

Madame de Franval sortit à ces mots,
et, demandant les gens de Valmont,
elle l'obligea à se retirer... très-honteux
de ses premières démarches.

Quoique cette intéressante femme eût
démêlé les ruses de l'ami de Franval,
ce qu'il avait dit s'accordait si bien avec

ses craintes et celles de sa mère, qu'elle se résolut de tout mettre en œuvre, pour se convaincre de ces cruelles vérités. Elle va voir madame de Farneille, elle lui raconte ce qui s'était passé et revient, décidée aux démarches que nous allons lui voir entreprendre.

Il y a long-temps que l'on a dit, et avec bien de la raison, que nous n'avions pas de plus grands ennemis que nos propres valets; toujours jaloux, toujours envieux, il semble qu'ils cherchent à alléger leurs chaînes en développant des torts qui, nous plaçant alors au-dessous d'eux, laissent au moins, pour quelques instans, à leur vanité, la prépondérance sur nous que leur enlève le sort.

Madame de Franval fit séduire une des femmes d'Eugénie : une retraite sûre, un sort agréable, l'apparence d'une bonne action, tout détermine cette créature, et elle s'engage, dès la nuit suivante, à mettre madame de Franval à même de ne plus douter de ses malheurs.

L'instant arrive. La malheureuse mère est introduite dans un cabinet voisin de

l'appartement où son perfide époux outrage chaque nuit et ses nœuds et le ciel.
Eugénie est avec son père ; plusieurs
bougies restent allumées sur une encoi-
gnure , elles vont éclairer le crime.....
l'autel est préparé, la victime s'y place....
le sacrificateur la suit...... Madame de
Franval n'a plus pour elle que son désespoir..... son amour irrité.... son courage.... elle brise les portes qui la retiennent, elle se jette dans l'appartement ; et là, tombant à genoux et en
larmes aux pieds de cet incestueux.....
O vous! qui faites le malheur de ma vie,
s'écrie-t-elle, en s'adressant à Franval,
vous, dont je n'ai pas mérité de tels traitemens...... vous que j'adore encore
quelques soient les injures que j'en reçoive, voyez mes pleurs..... et ne me re-
jetez pas ; je vous demande la grâce de
cette malheureuse, qui, trompée par sa
faiblesse et par vos séductions , croit
trouver le bonheur au sein de l'impudence et du crime.... Eugénie, Eugénie,
veux-tu porter le fer dans le sein où tu
pris le jour? Ne te rends pas plus long-

temps complice du forfait dont on te cache l'horreur!.... Viens.... accours.... vois mes bras prêts à te recevoir. Vois ta malheureuse mère, à tes genoux, te conjurer de ne pas outrager à-la-fois l'honneur et la nature... Mais si vous me refusez l'un et l'autre, continue cette femme désolée, en se portant un poignard sur le cœur, voilà par quel moyen je vais me soustraire aux flétrissures dont vous prétendez me couvrir; je ferai jaillir mon sang jusqu'à vous, et ce ne sera plus que sur mon triste corps que vous pourrez consommer vos crimes.

Que l'âme endurcie de Franval pût résister à ce spectacle, ceux qui commencent à connoître ce scélérat le croiront facilement; mais que celle d'Eugénie ne s'y rendît point, voilà ce qui est inconcevable. Madame, dit cette fille corrompue, avec le flegme le plus cruel, je n'accorde pas avec votre raison, je l'avoue, le ridicule esclandre que vous venez faire chez votre mari; n'est-il pas le maître de ses actions? et quand il approuve les miennes, avez-vous quel-

G 6

ques droits de les blâmer ? Exami-
nons-nous vos incartades avec monsieur
de Valmont ? vous troublons-nous
dans vos plaisirs ? Daignez donc respecter les nôtres , ou ne pas vous
étonner que je sois la première à presser
votre époux de prendre le parti qui
pourra vous y contraindre..... En ce moment la patience échappe à madame de
Franval, toute sa colère se tourne contre
l'indigne créature qui peut s'oublier au
point de lui parler ainsi ; et, se relevant
avec fureur , elle s'élance sur elle.....
Mais l'odieux , le cruel Franval, saisissant
sa femme par les cheveux, l'entraîne en
furie loin de sa fille et de la chambre ;
et, la jetant avec force dans les degrés
de la maison, il l'envoie tomber éva-
nouie et en sang sur le seuil de la porte
d'une de ses femmes qui, réveillée par
ce bruit horrible , soustrait en hâte
sa maîtresse aux fureurs de son tyran,
déjà descendu pour achever sa malheureuse victime.... Elle est chez elle, on
l'y enferme, on l'y soigne, et le monstre
qui vient de la traiter avec tant de rage,

révole auprès de sa détestable compagne passer aussi tranquillement la nuit que s'il ne se fût pas ravalée au-dessous des bêtes les plus féroces, par des attentats tellement exécrables, tellement faits pour l'humilier..... tellement horribles, en un mot, que nous rougissons de la nécessité où nous sommes de les dévoiler.

Plus d'illusions pour la malheureuse Franval; il n'en était plus aucune qui pût lui devenir permise; il n'était que trop clair, que le cœur de son époux, c'est-à-dire, le plus doux bien de sa vie lui était enlevé..... et par qui? par celle qui lui devait le plus de respect...., et qui venait de lui parler avec le plus d'insolence; elle s'était également doutée que toute l'aventure de Valmont n'était qu'un détestable piége tendu pour lui faire avoir des torts, si l'on pouvait, et, dans le cas contraire, pour lui en prêter, pour l'en couvrir afin de balancer, de légitimer par-là, ceux mille fois plus graves qu'on osait avoir avec elle.

Rien n'était plus certain. Franval, instruit des mauvais succès de Valmont, l'avait engagé à remplacer le vrai par l'imposture et l'indiscrétion.....à publier hautement qu'il était l'amant de madame de Franval ; et il avait été conclu dans cette société qu'on ferait contre-faire des lettres abominables, qui statue-raient, de la manière la moins équivo-que, l'existence du commerce auquel ce-pendant cette malheureuse épouse avait refusée de se prêter.

Cependant au désespoir, blessée même en plusieurs endroits de son corps, ma-dame de Franval tomba sérieusement malade ; et son barbare époux se refu-sant à la voir, ne daignant pas même s'informer de son état, partit avec Eu-génie pour la campagne, sous prétexte que la fièvre étant dans sa maison, il ne voulait pas exposer sa fille.

Valmont se présenta plusieurs fois à la porte de madame de Franval pendant sa maladie, mais sans être une seule fois reçu ; enfermée avec sa tendre mère et M. de Clervil, elle ne vit absolument personne ; consolée par des amis si chers, si faits pour avoir des droits sur elle, et rendue à la vie par leurs soins, au bout de quarante jours elle fut en état de voir du monde. Franval alors ramena sa fille à Paris, et l'on disposa tout avec Valmont pour se munir d'armes capables de balancer celles qu'il paraissait que madame de Franval et ses amis allaient diriger contr'eux.

Notre scélérat parut chez sa femme dès qu'il la crut en état de le recevoir.

- Madame, lui dit-il froidement, vous ne devez pas douter de la part que j'ai pris à votre état ; il m'est impossible de vous déguiser, que c'est à lui seul, que vous devez la retenue d'Eugénie; elle était décidée à porter contre vous les plaintes les plus vives sur la façon dont vous l'avez traitée; quelque convaincue qu'elle puisse être du respect qu'une fille doit à sa mère, elle ne peut ignorer cependant que cette mère se met dans le plus mauvais cas du monde en se jetant sur sa fille, le poignard à la main; une vivacité de cette espèce, madame, pourrait en ouvrant les yeux du gouvernement sur votre conduite, nuire infailliblement un jour à votre liberté et à votre honneur.

Je ne m'attendais pas à cette récrimination, monsieur, répondit madame de Franval ; et quand, séduite par vous, ma fille se rend à-la-fois coupable d'inceste, d'adulterre, de libertinage et de l'ingratitude la plus odieuse envers celle qui l'a mise au monde.... oui, je l'avoue, je n'imaginais pas que, d'après cette complication d'horreurs, ce fût à moi de redouter des plaintes : il faut tout votre art, toute votre méchanceté, monsieur, pour, en excusant le crime avec autant d'audace, accuser l'innocence !

— Je n'ignore pas, madame, que les prétextes de votre scène ont été les odieux soupçons que vous osez former sur moi ; mais des chimères ne légitiment pas des crimes : ce que vous avez pensé est faux; ce que vous avez fait n'a malheureusement que trop de réalité. Vous vous étonnez des reproches que vous a adressés ma fille à l'occasion de votre intrigue avec Valmont ; mais, madame, elle ne dévoile les irrégularités de votre con-

duite qu'après tout Paris : cet arrangement est si connu...... les preuves, malheureusement si constantes, que ceux
qui vous en parlent, commettent tout au
plus une imprudence, mais non pas une
calomnie. Moi, monsieur, dit cette respectable épouse, en se levant indignée....
moi, des arrangemens avec Valmont?....
juste ciel ! c'est vous qui le dites ! (et
avec des flots de larmes.) Ingrat ! voilà
le prix de ma tendresse..... voilà la récompense de t'avoir tant aimé : tu n'es
pas content de m'outrager aussi cruellement ; il ne te suffit pas de séduire ma
propre fille, il faut encore que tu oses
légitimer tes crimes en m'en prêtant qui
seraient plus affreux pour moi que la
mort.... (Et se reprenant.) vous avez
des preuves de cette intrigue, monsieur,
dites-vous, faites les voir, j'exige qu'elles
soient publiques, je vous contraindrai de
les faire paraître à toute la terre, si vous
refusez de me les montrer. — Non, madame, je ne les montrerai point à toute
la terre, ce n'est pas communément un
mari qui fait éclater ces sortes de choses;

il en gémit, et les cache de son mieux ;
mais si vous les exigez, vous, madame,
je ne vous les refuserai certainement
point...... Et sortant alors un porte-
feuille de sa poche : asseyez-vous, dit-il,
ceci doit être vérifié avec calme ; l'humeur et l'emportement nuiraient sans
me convaincre : remettez vous donc, je
vous prie, et discutons ceci de sang-froid.
Madame de Franval, bien parfaitement
convaincue de son innocence, ne savait
que penser de ces préparatifs ; et sa surprise, mêlée d'effroi, la tenait dans un
état violent.

Voici d'abord, madame, dit Franval
en vuidant un des côtés du porte-feuille,
toute votre correspendance avec Valmont depuis environ six mois : n'accusez
point ce jeune homme d'imprudence ou
d'indiscrétion ; il est trop honnête sans
doute pour oser vous manquer à ce point.
Mais un de ses gens, plus adroit que lui
n'est attentif, a trouvé le secret de me procurer ces monumens précieux de votre extrême sagesse et de votre éminente vertu.
(Puis feuilletant les lettres qu'il épar-

pillait sur la table.) trouvez bon, continua-t-il , que parmi beaucoup de
ces bavardages ordinaires d'une femme
échauffée..... par un homme fort aimable.... j'en choisisse une qui m'a paru
plus leste et plus décisive encore que les
autres.... La voici, madame :

Mon ennuyeux époux soupe ce soir
à sa petite maison du fauxbourg avec
cette créature horrible.... et qu'il est
impossible que j'aie mise au monde :
venez, mon cher, me consoler de tous
les chagrins que me donnent ces deux
monstres..... Que dis-je ? n'est-ce pas
le plus grand service qu'ils puissent
me rendre à présent, et cette intrigue
n'empêchera-t-elle pas mon mari d'ap-
percevoir la nôtre ? Qu'il en resserre
donc les nœuds autant qu'il lui plaira;
mais qu'il ne s'avise point au moins
de vouloir briser ceux qui m'attachent
au seul homme que j'aie vraiment
adoré dans le monde.

Eh bien! madame? — Eh bien! monsieur, je vous admire, répondit madame

de Franval , chaque jour ajoute à
l'incroyable estime que vous êtes fait
pour mériter; et quelques grandes qualités que je vous aie reconnu jusqu'à
présent, je l'avoue, je ne vous savais pas
encore celles de faussaire et de calomniateur. — Ah ! vous niez ? — Point du
tout; je ne demande qu'à être convaincue ; nous ferons nommer des juges.....
des experts; et nous demanderons, si
vous le voulez bien, la peine la plus ri-
goureuse pour celui des deux qui sera
le coupable ? — Voilà ce qu'on appelle
de l'effronterie : allons, j'aime mieux
cela que de la douleur.... poursuivons.
Que vous ayiez un amant , madame, dit
Franval, en secouant l'autre partie du
porte-feuille , avec une jolie figure et
un *ennuyeux époux*, rien que de très-
simple assurément; mais qu'à votre âge
vous entreteniez cet amant , et cela à
mes frais, c'est ce que vous me permet-
trez de ne pas trouver aussi simple......
Cependant voici pour cent mille écus de
mémoires, ou payés par vous, ou arrêtés
de votre main en faveur de Valmont; dai-

gnez les parcourir, je vous conjure, ajouta ce monstre en les lui présentant sans les lui laisser toucher.....

A Zaïde, bijoutier.

Arrêté le présent mémoire de la somme de vingt-deux mille livres pour le compte de M. de Valmont, par arrangement avec lui.

FARNEILLE DE FRANVAL.

A Jamet, marchand de chevaux, *six mille livres.....* c'est cet attelage baibrun qui fait aujourd'hui les délices de Valmont et l'admiration de tout Paris.... Oui, madame, en voilà pour *trois cent mille deux cent quatre - vingt trois livres dix sols*, dont vous devez encore plus d'un tiers, et dont vous avez très-loyalement acquitté le reste.... Eh bien! madame? — Ah! monsieur, quant à cette fraude, elle est trop grossière pour me causer la plus légère inquiétude; je n'exige qu'une chose pour confondre ceux qui l'inventent contre moi.... que les gens à qui j'ai, dit-on, arrêté ces mémoires, paraissent, et qu'ils fassent

serment que j'ai eu affaire à eux. — Ils
le feront, madame, n'en doutez pas;
m'auraient-ils eux-mêmes prévenus de
votre conduite, s'ils n'étaient décidés
à soutenir ce qu'ils ont déclaré? l'un
d'eux devait même, sans moi, vous faire
assigner aujourd'hui... Des pleurs amères
jaillissent alors des beaux yeux de cette
malheureuse femme; son courage cesse
de la soutenir, elle tombe dans un accès de désespoir, mêlé de symptômes effrayans, elle frappe sa tête contre les
marbres qui l'entourent, elle se meur-
trit le visage. Monsieur, s'écrie-t-elle,
en se jetant aux pieds de son époux,
daignez vous défaire de moi, je vous en
supplie, par des moyens moins lens et
moins affreux; puisque mon existence
gêne vos crimes, anéantissez-la d'un
seul coup.... ne me plongez pas si len-
tement au tombeau.... Suis-je coupable
de vous avoir aimé?... de m'être révoltée
contre ce qui m'enlevait aussi cruellement votre cœur?.... Eh bien! punis-
m'en, barbare, oui, prends ce fer, dit-
elle, en se jetant sur l'épée de son mari,

prends-le, te dis-je, et perce-moi le sein
sans pitié; mais que je meure au moins
digne de ton estime, que j'emporte au
tombeau, pour unique consolation, la
certitude que tu me crois incapable des
infamies dont tu ne m'accuses.... que
pour couvrir les tiennes.... et elle était à
genoux, renversée aux pieds de Franval,
ses mains saignantes et blessées du fer
nud dont elle s'efforçait de se saisir pour
déchirer son sein ; ce beau sein était
découvert, ses cheveux en désordre y
retombaient en s'inondant des larmes
qu'elle répandait à grands flots; jamais
la douleur n'eut plus de pathétique et
plus d'expression, jamais on ne l'avait
vue sous des détails plus touchans... plus
intéressans et plus nobles.... Non, madame, dit Franval, en s'opposant au
mouvement, non, ce n'est pas votre
mort que l'on veut, c'est votre punition;
je conçois vôtre repentir, vos pleurs ne
m'étonnent point, vous êtes furieuse
d'être découverte ; ces dispositions me
plaisent en vous, elles me font augurer
un amendement.... que précipitera sans

doute le sort que je vous destine, et je
vole y donner mes soins. Arrête, Franval, s'écrie cette malheureuse, n'ébruite
pas ton déshonneur, n'apprends pas toi-
même au public, que tu es à-la-fois parjure, faussaire, incestueux et calomniateur.... Tu veux te défaire de moi, je te
fuirai, j'irai chercher quelqu'asyle où
ton souvenir même échappe à ma mémoire.... tu seras libre, tu seras criminel
impunément.... oui, je t'oublierai.... si
je le puis, cruel, ou si ta déchirante
image ne peut s'effacer de mon cœur;
si elle me poursuit encore dans mon
obscurité profonde.... je ne l'anéantirai
pas, perfide, cet effort serait au-dessus
de moi, non, je ne l'anéantirai pas, mais
je me punirai de mon aveuglement, et
j'ensevelirai dès-lors dans l'horreur des
tombeaux, l'autel coupable où tu fus
trop chéri.... A ces mots, derniers élans
d'une âme accablée par une maladie ré-
cente, l'infortunée s'évanouit et tomba
sans connaissance. Les froides ombres de
la mort s'étendirent sur les roses de ce
beau teint, déjà flétries par l'aiguillon du
désespoir,

désespoir, on ne vit plus qu'une masse inanimée, que ne pouvaient pourtant abandonner les grâces, la modestie, la pudeur.... tous les attraits de la vertu. Le monstre sort, il va jouir, avec sa coupable fille, du triomphe effrayant que le vice, ou plutôt la scélératesse, ose emporter sur l'innocence et sur le malheur.

Ces détails plûrent infiniment à l'exécrable fille de Franval, elle aurait voulu les voir.... il aurait fallu porter l'horreur plus loin, il aurait fallu que Valmont triomphât des rigueurs de sa mère, que Franval surprît leurs amours. Quels moyens, si tout cela eût eu lieu, quels moyens de justification fût-il resté à leur victime ? et n'était-il pas important de les lui ravir tous ? Telle était Eugénie.

Cependant la malheureuse épouse de Franval n'ayant que le sein de sa mère qui pût s'entr'ouvrir à ses larmes, ne fut pas long-temps à lui faire part de ses nouveaux sujets de chagrins; ce fut alors que madame de Farneille imagina que l'âge, l'état, la considération personnelle

de monsieur de Clervil, pourraient peut-
être produire quelques bons effets sur
son gendre ; rien n'est confiant comme
le malheur ; elle mit le mieux qu'elle
put ce respectable ecclésiastique au fait
de tous les désordres de Franval, elle le
convainquit de ce qu'il n'avait jamais
voulu croire, elle lui enjoignit sur-tout
de n'employer avec un tel scélérat, que
cette éloquence persuasive, plutôt faite
pour le cœur que pour l'esprit ; après
qu'il aurait causé avec ce perfide, elle
lui recommanda d'obtenir une entrevue
d'Eugénie, où il mettrait de même en
usage tout ce qu'il croirait de plus propre
à éclairer cette jeune malheureuse sur
l'abîme ouvert sous ses pas, et à la ramener, s'il était possible, au sein de sa
mère et de la vertu.

Franval instruit que Clervil devait
demander à voir sa fille et lui, eut le
temps de se combiner avec elle, et leurs
projets bien disposés, ils firent savoir au
directeur de madame de Farneille, que
l'un et l'autre étaient prêts à l'entendre.
La crédule Franval espérait tout de l'é-

loquence de ce guide spirituel ; les malheureux saisissent les chimères avec tant d'avidité ; et pour se procurer une jouissance que la vérité leur refuse, ils réalisent avec beaucoup d'art toutes les illusions !

Clervil arrive : il était neuf heures du matin ; Franval le reçoit dans l'appartement où il avait coutume de passer les nuits avec sa fille ; il l'avait fait orner avec toute l'élégance imaginable, en y laissant néanmoins régner une sorte de désordre qui constatait ses criminels plaisirs.... Eugénie, près de là, pouvait tout entendre, afin de se mieux disposer à l'entrevue qu'on lui destinait à son tour.

Ce n'est qu'avec la plus grande crainte de vous déranger, monsieur, dit Clervil, que j'ose me présenter devant vous ; les gens de notre état sont communément si à charge aux personnes qui, comme vous, passent leur vie dans les voluptés de ce monde, que je me reproche d'avoir consenti aux desirs de madame de Farneille, en vous faisant demander la permission de vous entretenir un instant. —Asseyez-

vous, monsieur, et tant que le langage
de la justice et de la raison régnera dans
vos discours, ne redoutez jamais l'ennui
pour moi. — Vous êtes adoré d'une jeune
épouse pleine de charmes et de vertus,
qu'on vous accuse de rendre bien malheureuse, monsieur ; n'ayant pour elle
que son innocence et sa candeur, n'ayant
que l'oreille de sa mère qui puisse écouter ses plaintes, vous idolâtrant toujours
malgré vos torts, vous imaginez aisément
qu'elle doit être l'horreur de sa position!
— Je voudrais, monsieur, que nous allas-
sions au fait, il me semble que vous em-
ployez des détours ; quel est l'objet de
votre mission ?. — De vous rendre au
bonheur, s'il était possible. — Donc, si
je me trouve heureux comme je suis,
vous ne devez plus rien avoir à me dire?
— Il est impossible, monsieur, que le
bonheur puisse se trouver dans le crime.
— J'en conviens ; mais celui qui, par
des études profondes, par des réflexions
mûres, a pu mettre son esprit au point
de ne soupçonner de mal à rien, de
voir avec la plus tranquille indifférence

toutes les actions humaines, de les con-
sidérer toutes comme des résultats nécessaires d'une puissance, telle qu'elle
soit, qui tantôt bonne et tantôt perverse,
mais toujours impérieuse, nous inspire
tour-à-tour, ce que les hommes ap-
prouvent ou ce qu'ils condamnent, mais
jamais rien qui la dérange ou qui la
trouble, celui-là, dis-je, vous en conviendrez, monsieur, peut se trouver
aussi heureux, en se conduisant comme
je le fais, que vous l'êtes dans la carrière
que vous parcourez; le bonheur est idéal,
il est l'ouvrage de l'imagination; c'est
une manière d'être mû, qui dépend uniquement de notre façon de voir et de
sentir; il n'est, excepté la satisfaction des
besoins, aucune chose qui rendent tous
les hommes également heureux; nous
voyons chaque jour un individu le devenir, de ce qui déplaît souverainement
à un autre; il n'y a donc point de bonheur
certain, il ne peut en exister pour nous
d'autre, que celui que nous nous for-
mons en raison de nos organes et de
nos principes. — Je le sais, monsieur

mais si l'esprit nous trompe, la conscience
ne nous égare jamais, et voilà le livre où
la nature écrit tous nos devoirs. — Et
n'en faisons-nous pas ce que nous vou-
lons, de cette conscience factice? l'habitude la ploie, elle est pour nous une
cire molle qui prend sous nos doigts
toutes les formes; si ce livre était aussi
sûr que vous le dites, l'homme n'aurait-il
pas une conscience invariable? d'un
bout de la terre à l'autre, toutes les actions ne seraient-elles pas les mêmes
pour lui? et cependant cela est-il? l'Hot-
tentot tremble-t-il de ce qui effraie le
Français? et celui-ci ne fait-il pas tous les
jours ce qui le ferait punir au Japon?
Non, monsieur, non, il n'y a rien de
réel dans le monde, rien qui mérite
louange ou blâme, rien qui soit digne
d'être récompensé ou puni, rien qui,
injuste ici, ne soit légitime à cinq-cents
lieues de là, aucun mal réel, en un mot,
aucun bien constant. — Ne le croyez
pas, monsieur, la vertu n'est point une
chimère; il ne s'agit pas de savoir si
une chose est bonne ici, ou mauvaise à

quelques degrés de là, pour lui assigner
une détermination précise de crime ou
de vertu, et s'assurer d'y trouver le
bonheur en raison du choix qu'on en
aura fait; l'unique félicité de l'homme
ne peut se trouver que dans la soumission la plus entière aux lois de son pays;
il faut, ou qu'il les respecte, ou qu'il soit
misérable, point de milieu entre leur
infraction ou l'infortune. Ce n'est pas,
si vous le voulez, de ces choses en elles-
mêmes, d'où naissent les maux qui nous
accablent, quand nous nous y livrons,
lorsqu'elles sont défendues, c'est de la
lésion que ces choses, bonnes ou mau-
vaises intrinséquement, font aux conventions sociales du climat que nous
habitons. Il n'y a certainement aucun
mal à préférer la promenade des boulevards, à celle des Champs-Elysées; s'il
se promulguait néanmoins une loi, qui
interdit les boulevards aux citoyens,
celui qui enfreindrait cette loi, se pré-
parerait peut-être une chaîne éternelle
de malheurs, quoiqu'il n'eût fait qu'une
chose très-simple en l'enfreignant; l'há-

bitude d'ailleurs, de rompre des freins ordinaires, fait bientôt briser les plus sérieux, et d'erreurs en erreurs, on arrive à des crimes, faits pour être punis dans tous les pays de l'Univers, faits pour inspirer de l'effroi à toutes les créatures raisonnables qui habitent le globe, sous quelque pôle que ce puisse être. S'il n'y a pas une conscience universelle pour l'homme, il y en a donc une nationale, relative à l'existence que nous avons reçu de la nature, et dans laquelle sa main imprime nos devoirs en traits, que nous n'effaçons point sans dangers. Par exemple, monsieur, votre famille vous accuse d'inceste; de quelques sophismes que l'on se soit servi pour légitimer ce crime, pour en amoindrir l'horreur, quelque spécieux qu'aient été les raisonne-mens entrepris sur cette matière, de quelqu'autorité qu'on les ait appuyés par des exemples pris chez les nations voisines, il n'en reste pas moins dé-montré, que ce délit, qui n'est tel que chez quelques peuples, ne soit certai-nement dangereux, là où les loix l'interdisent ; il n'en est pas moins certain qu'il peut entraîner après lui les plus affreux inconvéniens, et des crimes nécessités par ce premier ;.... des crimes, dis-je, les plus faits pour être en horreur aux hommes. Si vous eussiez épousé votre fille sur les bords du Gange, où ces mariages sont permis , peut-être n'eussiez-vous fait qu'un mal très-inférieur ; dans un gouvernement où ces alliances sont défendues ; en offrant ce tableau révoltant au public ..... aux yeux d'une femme qui vous adore , et que cette perfidie met au tombeau, vous commettez, sans doute, une action épouvantable, un délit qui tend à briser les plus saints nœuds de la nature, ceux qui, attachant votre fille à l'être dont elle a reçu le jour, doivent lui rendre cet être le plus respectable et le plus sacré de tous les objets. Vous obligez cette fille à mépriser des devoirs aussi précieux, vous lui faites haïr celle qui l'a portée dans son sein ; vous préparez, sans vous en appercevoir, les armes qu'elle peut diriger contre vous ; vous ne lui présentez aucun sys-

tême, vous ne lui inculquez aucun principe, où ne soit gravée votre condam-
nation ; et si son bras attente un jour à
votre vie, vous aurez vous-même ai-
guisé les poignards.

Votre manière de raisonner, si différente de celle des gens de votre état,
répondit Franval, va m'engager d'abord
à de la confiance, monsieur ; je pourrais
nier votre inculpation ; ma franchise à
me dévoiler vis-à-vis de vous, va vous
obliger, je l'espère, à croire également
les torts de ma femme, quand j'em-
ploierai, pour vous les exposer, la même
vérité qui va guider l'aveu des miens.
Oui, monsieur, j'aime ma fille, je l'aime
avec passion, elle est ma maîtresse, ma
femme, ma sœur, ma confidente, mon
amie, mon unique dieu sur la terre, elle
a tous les titres enfin qui peuvent obtenir les hommages d'un cœur, et tous
ceux du mien lui sont dûs ; ces sentimens dureront autant que ma vie ; je
dois donc les justifier, sans doute, ne
pouvant parvenir à y renoncer.

Le premier devoir d'un père envers sa

fille, est incontestablement, vous en conviendrez, monsieur, de lui procurer la plus grande somme de bonheur possible ; s'il n'y est point parvenu, il est en reste avec cette fille ; s'il a réussi, il est à l'abri de tous les reproches. Je n'ai ni séduit ni contraint Eugénie, cette considération est remarquable, ne la laissez pas échapper ; je ne lui ai point caché le monde, je lui ai développé les roses de l'hymen à coté des ronces qu'on y trouve ; je me suis offert ensuite, j'ai laissé Eugénie libre de choisir, elle a eu tout le temps de la réflexion, elle n'a point balancé, elle a protesté qu'elle ne trouvait le bonheur qu'avec moi ; ai-je eu tort de lui donner pour la rendre heureuse, ce qu'avec connaissance de cause, elle a paru préférer à tout ? — Ces sophismes ne légitiment rien, monsieur, vous ne deviez pas laisser entrevoir à votre fille, que l'être qu'elle ne pouvait préférer sans crime, pouvait devenir l'objet de son bonheur ; quelque belle apparence que pût avoir un fruit, ne vous repentiriez-vous pas de l'offrir

à quelqu'un , si vous étiez sûr que la
mort fût cachée sous sa pulpe ? Non,
monsieur , non, vous n'avez eu que vous
pour objet, dans cette malheureuse conduite, et vous en avez rendu votre fille
et la complice et la victime ; ces procédés sont impardonnables.... et cette
épouse vertueuse et sensible , dont vous
déchirez le sein à plaisir, quels torts
a-t-elle à vos yeux ? quels torts, homme
injuste.... quel autre que celui de vous
idolâtrer ? — Voilà où je vous veux ,
monsieur , et c'est sur cet objet que j'attends de vous de la confiance ; j'ai quelque
droit d'en espérer sans doute, après la
manière pleine de franchise dont vous
venez de me voir convenir de ce qu'on
m'impute. Et alors Franval , en montrant
à Clervil les fausses lettres et les faux
billets qu'il attribuait à sa femme, lui
certifia que rien n'était plus réel que ces
pièces, et que l'intrigue de madame de
Franval avec celui quelles avaient pour
objet. Clervil savait tout ; eh bien ! monsieur , dit-il alors fermement à Franval,
ai-je eu raison de vous dire qu'une er-

reur vue d'abord comme sans conséquence en elle-même, peut, en nous
accoutumant à franchir des bornes, nous
conduire aux derniers excès du crime
et de la méchanceté? Vous avez com-
mencé par une action, nulle à vos yeux,
et vous voyez, pour la légitimer ou la
couvrir, toutes les infamies qu'il vous
faut faire.... Voulez-vous m'en croire,
monsieur, jetons au feu ces impardonnables noirceurs, et oublions-en, je vous
conjure, jusqu'au plus léger souvenir.
— Ces pièces sont réelles, monsieur. —
Elles sont fausses. — Vous ne pouvez
être que dans le doute; cet état suffit-il
à me donner un démenti? — Permet-
tez, monsieur, je n'ai pour les supposer
vraies, que ce que vous me dites, et
vous avez le plus grand intérêt à soutenir votre accusation; j'ai, pour croire
ces pièces fausses, les aveux de votre
épouse, qui aurait également le plus
grand intérêt à me dire si elles étaient
réelles, dans le cas où elles le seraient;
voilà comme je juge, monsieur.... l'intérêt des hommes, tel est le véhicule de

toutes leurs démarches, le grand ressort
de toutes leurs actions; où je le trouve,
s'allume aussi-tôt pour moi le flambeau
de la vérité; cette règle ne me trompa jamais, il y a quarante ans que je m'en sers;
et la vertu de votre femme n'anéantira-
t-elle pas d'ailleurs à tous les yeux cette
abominable calomnie? est-ce avec sa
franchise, est-ce avec sa candeur, est-ce
avec l'amour dont elle brûle encore pour
vous, qu'on se permet de telles atrocités?
Non, monsieur, non, ce ne sont point
là les débuts du crime; en en connaissant aussi-bien les effets, vous en deviez
mieux diriger les fils. — Des invectives,
monsieur! — Pardon, l'injustice, la calomnie, le libertinage, révoltent si souverainement mon âme, que je ne suis
quelquefois pas le maître de l'agitation
où ces horreurs me plongent; brûlons
ces papiers, monsieur, je vous le demande encore avec instance... brûlons-
les, pour votre honneur et pour votre
repos. Je n'imaginais pas, monsieur, dit
Franval, en se levant, qu'avec le minis-
tère que vous exercez, on devînt aussi

facilement l'apologiste... le protecteur de
l'inconduite et de l'adultère ; ma femme
me flétrit, elle me ruine, je vous le
prouve; votre aveuglement sur elle, vous
fait préférer de m'accuser moi-même et
de me supposer plutôt un calomniateur,
qu'elle une femme perfide et débau-
chée ! Eh bien, monsieur, les loix en
décideront, tous les tribunaux de France
retentiront de mes plaintes, j'y porterai
mes preuves, j'y publierai mon déshonneur, et nous verrons alors si vous aurez
encore la bonhomie ou plutôt la sottise
de protéger contre moi une aussi impu-
dente créature. Je me retirerai donc,
monsieur, dit Clervil, en se levant aussi;
je n'imaginais pas que les travers de
votre esprit, altérassent autant les qualités de votre cœur, et qu'aveuglé par
une vengeance injuste, vous devinssiez
capable de soutenir de sang-froid ce que
put enfanter le délire.... Ah ! monsieur,
comme tout ceci me convainc mieux
que jamais, que quand l'homme a fran-
chi le plus sacré de ses devoirs, il se
permet bientôt de pulvériser tous les

autres..... si vos réflexions vous ra-
mènent, vous daignerez me faire avertir,
monsieur, et vous trouverez toujours,
dans votre famille et moi, des amis
prêts à vous recevoir.... M'est-il permis
de voir un instant mademoiselle votre
fille? — Vous en êtes le maître, monsieur, je vous exhorte même à faire valoir auprès d'elle, ou des moyens plus élo-
quens, ou des ressources plus sûres, pour
lui présenter ces vérités lumineuses, ou
je n'ai eu le malheur d'appercevoir que
de l'aveuglement et des sophismes.

Clervil passa chez Eugénie. Elle l'attendait dans le déshabiller le plus co-
quet et le plus élégant; cette sorte d'in-
décence, fruit de l'abandon de soi-même
et du crime, régnait impudemment dans
ses gestes et dans ses regards, et la perfide, outrageant les grâces qui l'embellissaient malgré elle, réunissait et ce qui
peut enflammer le vice, et ce qui révolte
la vertu.

N'appartenant pas à une jeune fille d'entrer dans des détails aussi profonds, qu'à
un philosophe comme Franval, Eugénie

s'en tint au persiflage ; peu-à-peu elle en
vint aux agaceries les plus décidées ;
mais s'appercevant bientôt que ses séductions étaient perdues, et qu'un homme
aussi vertueux, que celui auquel elle
avait affaire, ne se prendrait pas à ses
piéges, elle coupe adroitement les nœuds
qui retiennent le voile de ses charmes,
et se mettant ainsi dans le plus grand
désordre avant que Clervil ait le temps
de s'en appercevoir, le misérable, dit-
elle en jetant les hauts-cris, qu'on éloigne
ce monstre ! que l'on cache sur-tout son
crime à mon père. Juste ciel ! j'attends
de lui des conseils pieux.... et le mal-
honnête homme en veut à ma pudeur....
Voyez, dit-elle à ses gens accourus sur
ses cris, voyez l'état où l'impudent m'a
mise ; les voilà, les voilà ces benins sec-
tateurs d'une divinité qu'ils outragent ;
le scandale, la débauche, la séduction,
voilà ce qui compose leurs mœurs, et,
dupes de leur fausse vertu, nous osons
sottement les révérer encore.

Clervil, très-irrité d'un pareil esclandre, parvint pourtant à cacher son trou-

ble ; et se retirant , avec sang-froid , au travers de la foule qui l'entoure , que le ciel, dit-il paisiblement, conserve cette infortunée.... qu'il la rende meilleure s'il le peut , et que personne dans sa maison n'attente plus que moi sur des sentimens de vertu...... que je venais bien moins pour flétrir que pour ranimer dans son cœur.

Tel fùt le seul fruit que madame de Farneille et sa fille recueillirent d'une négociation dont elles avaient tant espéré. Elles étaient loin de connaître les dégradations que le crime occasionne dans l'âme des scélérats ; ce qui agirait sur les autres, les aigrit, et c'est dans les leçons même de la sagesse qu'ils trouvent de l'encouragement au mal.

De ce moment tout s'envenima de part et d'autre ; Franval et Eugénie virent bien qu'il fallait convaincre madame de Franval de ses prétendus torts, d'une manière qui ne lui permît plus d'en douter ; et madame de Farneille, de concert avec sa fille, projeta très-serieusement de faire enlever Eugénie. On en parla à

Clervil : cet honnête ami refusa de prendre part à d'aussi vives résolutions ; il avait, disait-il, été trop maltraité dans cette affaire pour pouvoir autre chose qu'implorer la grâce des coupables, il la demandait avec instance, et se défendait constamment de tout autre genre d'office ou de médiation. Quelle sublimité de sentimens ! Pourquoi cette noblesse est-elle si rare dans les individus de cette robe ? Ou pourquoi cet homme unique en portait-il une si flétrie ? Commençons par les tentatives de Franval.

Valmont reparut. Tu es un imbécile, lui dit le coupable amant d'Eugénie, tu es indigne d'être mon élève ; et je te t'impanise aux yeux de tout Paris si, dans une seconde entrevue, tu ne te conduis pas mieux avec ma femme ; il faut l'avoir, mon ami, mais l'avoir authentiquement, il faut que mes yeux me convainquent de sa défaite..... il faut enfin que je puisse ôter à cette détestable créature tout moyen d'excuse et de défense. — Mais si elle résiste, répondit Valmont,

— Tu emploieras la violence.... j'aurai soin d'écarter tout le monde.... Effraye-la, menace-la, qu'importe ?.... je regarderai comme autant de services signalés de ta part, tous les moyens de ton triomphe. Ecoute, dit alors Valmont, je consens à ce que tu me proposes, je te donne ma parole que ta femme cédera ; mais j'exige une condition, rien de fait si tu la refuses; la jalousie ne doit entrer pour rien dans nos arrangemens; tu le sais; jexige donc que tu me laisses passer un seul quart-d'heure avec Eugénie..... tu n'imagines pas comme je me conduirai quand j'aurai joui du plaisir d'entretenir un moment ta fille....

— Mais, Valmont. — Je conçois tes craintes ; mais si tu me crois ton ami, je ne te les pardonne pas, je n'aspire qu'aux charmes de voir Eugénie seule et de l'entretenir une minute. Valmont, dit Franval un peu étonné, tu mets à tes services un prix beaucoup trop cher; je connais, comme toi, tous les ridicules de la jalousie, mais j'idolâtre celle dont tu me parles, et je céderais plutôt ma fortune que ses faveurs. — Je n'y prétends pas, sois tranquille; et Franval qui voit bien que, dans le nombre de ses connaissances, aucun être, n'est capable de le servir comme Valmont, s'opposant vivement à ce qu'il échappe.... Eh bien! lui dit-il avec un peu d'humeur, je le répète, tes services sont chers; en les acquittant de cette façon, tu me tiens quitte de la reconnaissance. — Oh! la reconnaissance n'est le prix que des services honnêtes; elle ne s'allumera jamais dans ton cœur pour ceux que je vais te rendre; il y a mieux, c'est qu'ils nous brouilleront avant deux mois..... Vas, mon ami, je connais l'homme..... ses travers....., ses écarts, et toutes les suites qu'ils entraînent; place cet animal, le plus méchant de tous, dans telle situation qu'il te plaira, et je ne manquerai pas un seul résultat sur tes données. Je veux donc être payé d'avance, ou je ne fais rien. J'accepte, dit Franval. Eh bien! répondit Valmont, tout dépend de ta volonté maintenant, j'agirai quand tu voudras. Il me faut quelques jours pour mes préparatifs, dit Franval, mais dans quatre au plus je suis à toi.

M. de Franval avait élevé sa fille de manière à être bien sûr que ce ne serait pas l'excès de sa pudeur qui lui ferait refuser de se prêter aux plans combinés avec son ami ; mais il était jaloux, Eugénie le savait ; elle l'adorait pour le moins autant qu'elle en était chérie, et elle avoua à Franval, dès qu'elle sut de quoi il s'agissait, qu'elle redoutait infiniment que ce tête-à-tête n'eût des suites. Franval, qui croyait connoitre assez Valmont, pour être sûr qu'il n'y aurait dans tout cela que quelques alimens pour sa tête, mais aucun danger pour son cœur, dissipa de son mieux les craintes de sa fille, et tout se prépara.

Tel fut l'instant où Franval apprit par des gens sûrs et totalement à lui dans la maison de sa belle-mère, qu'Eugénie courait de grands risques, et que madame de Farneille était au moment d'obtenir un ordre pour la faire enlever. Franval ne doute pas que le complot ne soit l'ouvrage de Clervil ; et laissant la

pour un moment les projets de Valmont,
il ne s'occupe que du soin de se défaire du
malheureux ecclésiastique qu'il croit si
faussement l'instigateur de tout; il sème
l'or; ce véhicule puissant de tous les
vices, est placé par lui dans mille mains
diverses : six coquins affidés lui répon-
dent enfin d'exécuter ses ordres.

Un soir, au moment où Clervil, qui
soupait souvent chez madame de Farneille, s'en retire seul, et à pied, on
l'enveloppe..... on le saisit.... on lui dit
que c'est de la part du gouvernement.
On lui montre un ordre contre-fait, on
le jette dans une chaise de poste, et on
le conduit en toute diligence dans les
prisons d'un château isolé que possédait
Franval, au fond des Ardennes. Là, le
malheureux est recommandé au con-
cierge de cette terre, comme un scélérat
qui a voulu attenter à la vie de son
maître; et les meilleures précautions se
prennent pour que cette victime infortunée, dont le seul tort est d'avoir usé de
trop d'indulgence envers ceux qui l'ou-

tragent aussi cruellement, ne puisse jamais reparaître au jour.

Madame de Farneille fut au désespoir. Elle ne douta point que le coup ne partît de la main de son gendre; les soins nécessaires à retrouver Clervil rallentirent un peu ceux de l'enlèvement d'Eugénie; avec un très - petit nombre de connaissances et un crédit fort médiocre, il était difficile de s'occuper à - la - fois de deux objets aussi importans, d'ailleurs cette action vigoureuse de Franval en avait imposé. On ne pensa donc qu'au directeur ; mais toutes les recherches furent vaines; notre scélérat avait si bien pris ses mesures, qu'il devint impossible de rien découvrir : madame de Franval n'osait trop-questionner son mari, ils ne s'étaient pas encore parlé depuis la dernière scène, mais la grandeur de l'intérêt annéantit toute considération; elle eut enfin le courage de demander à son tyran, si son projet était d'ajouter à tous les mauvais procédés qu'il avait pour elle, celui d'avoir privé sa mère du meilleur ami qu'elle eut au monde. Le monstre se défendit :

défendit; il poussa la fausseté jusqu'à s'offrir pour faire des recherches; voyant que pour préparer la scène de Valmont, il avait besoin d'adoucir l'esprit de sa femme en renouvellant sa parole de tout mettre en mouvement pour retrouver Clervil, il prodigua les caresses à cette crédule épouse, l'assura que quelqu'infidélité qu'il lui fît, il lui devenait impossible de ne pas l'adorer au fond de l'âme; et madame de Franval, toujours complaisante et douce, toujours heureuse de ce qui la rapprochait d'un homme, qui lui était plus cher que la vie, se prêta à tous les desirs de cet époux perfide, les prévint, les servit, les partagea tous, sans oser profiter du moment, comme elle l'aurait dû, pour obtenir au moins de ce barbare une conduite meilleure, et qui ne plongeât pas chaque jour sa malheureuse épouse dans un abîme de tourmens et de maux. Mais l'eût-elle fait, le succès eût-il couronné ses tentatives? Franval, si faux dans toutes les actions de sa vie, devait-il être plus sincère dans celle qui n'avait, selon lui, d'attraits qu'autant qu'on y

Tome IV.   I

franchissait quelques digues; il eût tout
promis sans doute pour le seul plaisir de
tout enfreindre, peut-être même eût-il
desiré qu'on exigeât de lui des sermens,
pour ajouter les attraits du parjure à ses
affreuses jouissances.

Franval, absolument en repos, ne son-
gea plus qu'à troubler les autres; tel
était le genre de son caractère vindica-
tif, turbulent, impétueux, quand on
l'inquiétait; redesirant sa tranquillité à
quelque prix que ce pût être, et ne prenant maladroitement pour l'avoir que
les moyens les plus capables de la lui
faire perdre de nouveau. L'obtenait-il?
ce n'était plus qu'à nuire qu'il employait
toutes ses facultés morales et physiques;
ainsi toujours en agitation, ou il fallait
qu'il prévint les artifices qu'il contraignait les autres à employer contre lui
ou il fallait qu'il en dirigeât contr'eux.

Tout était disposé pour satisfaire Valmont; et son tête-à-tête eut lieu près
d'une heure dans l'appartement même
d'Eugénie. Eh bien! es-tu content, dit
Franval, en rejoignant son ami. C'est

une créature délicieuse, répondit Valmont; mais Franval, je te le conseille, ne hasarde pas pareille chose avec un autre homme, et félicite - toi des sentimens qui, dans mon cœur, doivent te garantir de tous dangers. J'y compte, répondit Franval assez sérieusement, agis donc maintenant au plutôt. — Je préparerai demain ta femme.... tu sens qu'il faut une conversation préliminaire.... quatre jours après tu peux être sûr de moi. Les paroles se donnent et l'on se sépare.

Mais il s'en fallait bien qu'après une telle entrevue, Valmont eût envie de trahir madame de Franval, ou d'assurer à son ami une conquête dont il n'était devenu que trop envieux. Eugénie avait fait sur lui des impressions assez profondes pour qu'il ne pût y renoncer; il était résolu de l'obtenir pour femme, à quelque prix que ce pût être. En y pensant mûrement, dès que l'intrigue d'Eugénie avec son père ne le rebutait pas, il était bien certain que sa fortune égalant celle de Colunce, il pouvait à tout aussi juste titre, prétendre à la même al-

liance; il imagina donc qu'en se présentant pour époux, il ne pouvait pas être
refusé, et qu'en agissant avec ardeur,
pour rompre les liens incestueux d'Eugénie, en répondant à la famille d'y réussir, il obtiendrait infailliblement l'objet
de son culte.... à une affaire près avec
Franval, dont son courage et son adresse
lui faisaient espérer le succès. Vingt-
quatre heures suffisent à ces réflexions,
et c'est tout plein de ces idées, que Valmont se rend chez madame de Franval.
Elle était avertie; dans sa dernière entrevue avec son mari, on se rappelle qu'elle
s'était presque raccommodée, ou plutôt
qu'ayant cédé aux artifices insidieux de
ce perfide, elle ne pouvait plus refuser
la visite de Valmont. Elle avait pourtant objecté les billets, les propos, les
idées qu'avait eu Franval; mais lui,
n'ayant plus l'air de songer à rien, l'a-
vait très-assurée, que la plus sûre façon
de faire croire que tout cela était faux
ou n'existait plus, était de voir son ami
comme à l'ordinaire; s'y refuser assurait-
il, légitimerait ses soupçons; la meil-

leure preuve qu'une femme puisse fournir de son honnêteté, lui avait-il dit,
est de continuer à voir publiquement
celui dont on a tenu des propos relatifs
à elle : tout cela était sophistique ; madame de Franval le sentait à merveille,
mais elle espérait une explication de
Valmont ; le desir de l'avoir, joint à
celui de ne point fâcher son époux, avait
fait disparaître à ses yeux tout ce qui
aurait dû raisonnablement l'empêcher
de voir ce jeune homme. Il arrive donc,
et Franval se hâtant de sortir, les laisse
aux prises comme la dernière fois : les
éclaircissemens devaient être vifs et
longs ; Valmont plein de ses idées, abrège
tout et vient au fait.

O ! madame, ne voyez plus en moi
le même homme qui se rendit si coupable à vos yeux la dernière fois qu'il
vous entretint, se pressa-t-il de dire ;
j'étais alors le complice des torts de votre
époux, j'en deviens aujourd'hui le répa-
rateur ; mais prenez confiance en moi, madame, daignez vous pénétrer de la parole
d'honneur que je vous donne de ne venir

I 3

ici ni pour vous mentir, ni pour vous en imposer sur rien ; alors il convint de l'histoire des faux billets et des lettres contrefaites, il demanda mille excuses de s'y être prêté, il prévint madame de Franval des nouvelles horreurs qu'on exigeait encore de lui, et pour constater sa franchise, il avoua ses sentimens pour Eugénie, dévoila ce qui s'était fait, s'engagea à tout rompre, à enlever Eugénie à Franval, et à la conduire en Picardie, dans une des terres de madame de Farneille, si l'une et l'autre de ces dames lui en accordaient la permission, et lui promettaient en mariage pour récompense, celle qu'il aurait retiré de l'abîme.

Ces discours, ces aveux de Valmont portaient un tel caractère de vérité, que madame de Franval ne pût s'empêcher d'être convaincue; Valmont était un excellent parti pour sa fille ; après la mauvaise conduite d'Eugénie, pouvait-elle espérer autant ? Valmont se chargeait de tout, il n'y avait pas d'autre moyen de faire cesser le crime affreux qui désespérait madame de Franval ; ne devait-elle pas se

flatter d'ailleurs du retour des sentimens
de son époux, après la rupture de la seule
intrigue, qui réellement pût devenir dangereuse et pour elle et pour lui; ces con-
sidérations la décidèrent, elle se rendit,
mais aux conditions que Valmont lui
donnerait sa parole de ne point se battre
contre son mari, de passer en pays étranger après avoir rendu Eugénie à madame de Farneille, et d'y rester jusqu'à
ce que la tête de Franval fût devenue
assez calme, pour se consoler de la perte
de ses illicites amours, et consentir
enfin au mariage. Valmont s'engagea à
tout; madame de Franval, de son côté,
lui répondit des intentions de sa mère,
elle l'assura qu'elle ne contrarierait en
rien les résolutions qu'ils prenaient ensemble, et Valmont se retira en renouvellant ses excuses à madame de Franval, d'avoir pu se porter contre elle à
tout ce que son mal-honnête époux en
avait exigé. Dès le lendemain, madame
de Farneille instruite, partit pour la
Picardie, et Franval, noyé dans le tour-
billon perpétuel de ses plaisirs, comptant

I 4

solidement sur Valmont, ne craignant plus Clervil, se jeta dans le piège préparé, avec la même *bonhomie* qu'il desirait si souvent voir aux autres, quand à son tour il avait envie de les y faire tomber.

Depuis environ six mois, Eugénie qui touchait à sa dix-septième année, sortait assez souvent seule, ou avec quelques-unes de ses amies. La veille du jour où Valmont, par arrangement pris avec son ami, devait attaquer madame de Franval, elle était absolument seule à une pièce nouvelle des Français, et elle en revenait de même, devant aller chercher son père dans une maison où il lui avait donné rendez-vous, afin de se rendre ensemble dans celle où tous les deux soupaient.... A peine la voiture de mademoiselle de Franval a-t-elle quitté le faubourg Saint-Germain, que dix hommes masqués arrêtent les chevaux, ouvrent la portière, se saisissent d'Eugénie, et la jettent dans une chaise de poste, à côté de Valmont, qui prenant toute sorte de précaution pour empêcher les cris, recommande la plus extrême diligence, et se trouve hors de Paris en un clin-d'œil.

Il était malheureusement devenu impossible de se défaire des gens et du carosse d'Eugénie, moyennant quoi Franval fut averti fort vîte. Valmont, pour se mettre à couvert, avait compté sur l'incertitude où serait Franval de la route qu'il prendrait, et sur les deux ou trois heures d'avance qu'il devrait nécessairement avoir. Pourvu qu'il touchât la terre de madame de Farneille, c'était tout ce qu'il fallait, parce que de là, deux femmes sûres, et une voiture de poste, attendaient Eugénie pour la conduire sur les frontières, dans un asyle ignoré même de Valmont, qui, passant tout de suite en Hollande, ne reparaissait plus que pour épouser sa maîtresse, dès que madame de Farneille et sa fille lui feraient savoir qu'il n'y avait plus d'obstacles ; mais la fortune permit que ces sages projets échouassent près des horribles desseins du scélérat dont il s'agit.

I 5

Franval instruit, ne perd pas un instant, il se rend à la poste, il demande
pour quelle route on a donné des chevaux depuis six heures du soir. A sept,
il est parti une berline pour Lyon, à
huit, une chaise de poste pour la Picardie; Franval ne balance pas, la berline
de Lyon ne doit assurément pas l'intéresser, mais une chaise de poste faisant
route vers une province où madame de
Farneille a des terres, c'est cela, en
douter, serait une folie; il fait donc
mettre promptement les huit meilleurs
chevaux de la poste sur la voiture dans
laquelle il se trouve, il fait prendre des
bidets à ses gens, achète et charge des
pistolets pendant qu'on attelle, et vole
comme un trait où le conduisent l'a-
mour, le désespoir et la vengeance. En
relayant à Senlis, il apprend que la chaise
qu'il poursuit, en sort à peine... Franval
ordonne qu'on fende l'air; pour son malheur, il atteint la voiture; ses gens et
lui, le pistolet à la main, arrêtent le pos-
tillon de Valmont, et l'impétueux Franval reconnaissant son adversaire, lui

brûle la cervelle avant qu'il ne se mette
en défense, arrache Eugénie mourante,
se jette avec elle dans son carosse, et se
retrouve à Paris avant dix heures du
matin. Peu inquiet de tout ce qui vient
d'arriver, Franval ne s'occupe que d'Eugénie.... Le perfide Valmont n'a-t-il
point voulu profiter des circonstances?
Eugénie est-elle encore fidelle, et ses
coupables nœuds ne sont-ils pas flétris?
Mademoiselle de Franval rassure son
père? Valmont n'a fait que lui dévoiler
son projet, et plein d'espoir de l'épouser
bientôt, il s'est gardé de profaner l'autel
où il voulait offrir des vœux purs; les
sermens d'Eugénie rassurent Franval....
Mais sa femme.... était-elle au fait de
ces manœuvres.... s'y était-elle prêtée?
Eugénie, qui avait eu le temps de s'instruire, certifie que tout est l'ouvrage de
sa mère, à laquelle elle prodigue les
noms les plus odieux, et que cette fatale
entrevue, où Franval s'imaginait que
Valmont se préparait à le servir si bien,
était positivement celle où il le trahissait
avec le plus d'impudence. Ah! dit Fran-

val, furieux, que n'a-t-il encore mille
vies.... j'irais les lui arracher toutes les
unes après les autres.... Et ma femme!...
quand je cherchais à l'étourdir.... elle
était la première à me tromper.... cette
créature que l'on croit si douce.... cet
ange de vertu.... Ah ! traîtresse, traîtresse, tu paieras cher ton crime.... il
faut du sang à ma vengeance, et j'irai,
s'il le faut, le puiser de mes lèvres dans
tes veines perfides.... Tranquillise-toi,
Eugénie, poursuit Franval dans un état
violent.... oui, tranquillise-toi, le repos
te devient nécessaire, va le goûter pendant quelques heures, je veillerai seul à
tout ceci.

Cependant madame de Farneille, qui
avait placé des espions sur la route, n'est
pas long-temps sans être avertie de tout
ce qui vient de se passer; sachant sa
petite fille reprise, et Valmont tué, elle
accourt promptement à Paris...Furieuse,
elle assemble sur-le-champ son conseil;
on lui fait voir que le meurtre de Valmont va livrer Franval entre ses mains,
que le crédit qu'elle redoute va s'éclip-

ser dans un instant, et qu'elle redevient
aussi-tôt maîtresse et de sa fille et d'Eugénie; mais on lui recommande de prévenir l'éclat, et dans la crainte d'une
procédure flétrissante, de solliciter un
ordre qui puisse mettre son gendre à
couvert. Franval aussi-tôt instruit de
ces avis et des démarches qui en deviennent les suites, apprenant à-la-fois
que son affaire se sait, et que sa belle-
mère n'attend, lui dit-on, que son dé-
sastre pour en profiter, vole aussi-tôt à
Versailles, voit le ministre, lui confie
tout, et n'en reçoit pour réponse que le
conseil d'aller se cacher promptement
dans celle de ses terres qu'il possède en
Alsace, sur les frontières de la Suisse.
Franval revient à l'instant chez lui, et
dans le dessein de ne pas manquer sa
vengeance, de punir la trahison de sa
femme, et de se trouver toujours pos-
sesseur d'objets assez chers à madame
de Farneille, pour qu'elle n'ose, politi-
quement au moins, prendre parti contre
lui, il se résout de ne partir pour Valmor, cette terre que lui a conseillé le

ministre, de n'y aller, dis-je, qu'accom-
pagné de sa femme et de sa fille.... Mais
madame de Franval acceptera-t-elle? se
sentant coupable de l'espéce de trahison
qui a occasionné tout ce qui arrive,
pourra-t-elle s'éloigner autant? osera-
t-elle se confier sans crainte aux bras
d'un époux outragé? Telle est l'inquiétude de Franval; pour savoir à quoi s'en
tenir, il entre à l'instant chez sa femme,
qui savait déjà tout.

Madame, lui dit-il avec sang-froid,
vous m'avez plongé dans un abîme de
malheurs par des indiscrétions bien peu
réfléchies; en en blâmant l'effet j'en approuve néanmoins la cause, elle est assurément dans votre amour pour votre
fille et pour moi; et comme les premiers
torts m'appartiennent, je dois oublier
les seconds. Chére et tendre moitié de
ma vie, continue-t-il, en tombant aux
genoux de sa femme, voulez-vous accepter une réconciliation que rien ne
puisse troubler désormais; je viens vous
l'offrir, et voici ce que je mets en vos
mains pour la sceller.... Alors il dépose

aux pieds de son épouse tous les papiers
contrefaits de la prétendue correspon-
dance de Valmont. Brûlez tout cela,
chère amie, je vous conjure, poursuit
le traître, avec des larmes feintes, et
pardonnez ce que la jalousie m'a fait
faire : bannissons toute aigreur entre
nous; j'ai de grands torts, je le confesse;
mais qui sait si Valmont, pour réussir
dans ses projets, ne m'a point noirci près
de vous bien plus que je ne le mérite.....
s'il avait osé dire que j'eusse pu cesser
de vous aimer..... que vous n'eussiez
pas toujours été l'objet le plus précieux
et le plus respectable qui fût pour moi
dans l'univers; ah! cher ange, s'il se
fût souillé de ces calomnies, que j'aurais
bien fait de priver le monde d'un pareil
fourbe et d'un tel imposteur ! Oh ! monsieur, dit madame de Franval en larmes,
est-il possible de concevoir les atrocités
que vous enfantâtes contre moi? Quelle
confiance voulez-vous que je prenne en
vous après de telles horreurs? — Je veux
que vous m'aimiez encore, ô la plus
tendre et la plus aimable des femmes !

je veux, qu'accusant uniquement ma tête de la multitude de mes écarts, vous vous convainquiez que jamais ce cœur, où vous régnâtes éternellement, ne put être capable de vous trahir.... oui, je veux que vous sachiez qu'il n'est pas une de mes erreurs qui ne m'ait rapproché plus vivement de vous.... Plus je m'éloignais de ma chère épouse, moins je voyais la possibilité de la retrouver dans rien ; ni les plaisirs, ni les sentimens n'égalaient ceux que mon inconstance me faisait perdre avec elle, et dans les bras même de son image, je regrettais la réalité.... Oh ! chere et divine amie, où trouver une âme comme la tienne ! où goûter les faveurs qu'on cueille dans tes bras ! Oui, j'abjure tous mes égaremens... je ne veux plus vivre que pour toi seule au monde..... que pour rétablir dans ton cœur ulcéré, cet amour si justement détruit par des torts.... dont j'abjure jusqu'au souvenir.

Il était impossible à madame de Franval, de résister à des expressions aussi tendres de la part d'un homme qu'elle

adorait toujours ; peut-on haïr ce qu'on
a bien aimé ? Avec l'âme délicate et sensible de cette intéressante femme, voit-
on de sang-froid, à ses pieds, noyé des
larmes du remords, l'objet qui fut si
précieux. Des sanglots s'échappèrent....
Moi, dit-elle, en pressant sur son cœur
les mains de son époux.... moi qui n'ai
jamais cessé de t'idolâtrer, cruel ! c'est
moi que tu désespères à plaisir !.... ah ! le
ciel m'est témoin que de tous les fléaux
dont tu pouvais me frapper, la crainte
d'avoir perdu ton cœur, ou d'être soupçonné par toi, devenait le plus sanglant
de tous..... Et quel objet encore tu
prends pour m'outrager ?.... ma fille !.....
c'est de ses mains dont tu perces mon
cœur.... tu veux me forcer de haïr celle
que la nature m'a rendue si chère ? Ah !
dit Franval, toujours plus enflammé, je
veux la ramener à tes genoux, je veux
qu'elle y abjure, comme moi, et son impudence et ses torts.... qu'elle obtienne,
comme moi, son pardon. Ne nous occupons plus tous trois que de notre mutuel
bonheur. Je vais te rendre ta fille.....

rends - moi mon épouse..... et fuyons.
— Fuir, grand dieu ! — Mon aventure
fait du bruit.... je puis être perdu demain.... Mes amis, le ministre, tous
m'ont conseillé un voyage à Valmor....
Daigneras-tu m'y suivre, ô mon amie !
serait-ce à l'instant où je demande à
tes pieds mon pardon, que tu déchire-
rais mon cœur par un refus ? — Tu
m'effraies..... Quoi, cette affaire !....
— Se traite comme un meurtre, et non
comme un duel. — Oh dieu ! et c'est moi
qui en suis cause !.... Ordonne.... ordonne :
dispose de moi, cher époux.... Je te suis,
s'il le faut, au bout de la terre.... Ah ! je
suis la plus malheureuse des femmes !
— Dis la plus fortunée sans doute, puisque tous les instans de ma vie vont être
consacrés à changer désormais en fleurs
les épines dont j'entourais tes pas.... un
désert ne suffit-il pas quand on s'aime ?
D'ailleurs ceci ne peut être éternel ; mes
amis prévenus, vont agir. — Et ma
mère.... je voudrais la voir..... — Ah !
garde-t-en bien, chère amie ; j'ai des
preuves sûres qu'elle aigrit les parens

de Valmont.... qu'elle même, avec eux, sollicité ma perte.....— Elle en est incapable; cesse d'imaginer ces perfides horreurs; son âme faite pour aimer, n'a jamais connu l'imposture.... tu ne l'appréciais jamais bien, Franval..... que ne sus-tu l'aimer comme moi! nous eussions trouvé dans ses bras la félicité sur la terre, c'était l'ange de paix qu'offrait le ciel aux erreurs de ta vie, ton injustice a repoussé son sein, toujours ouvert à ta tendresse, et par inconséquence ou caprice, par ingratitude ou libertinage, tu t'es volontairement privé de la meilleure et de la plus tendre amie qu'eut créée pour toi la nature: eh bien! je ne la verrai donc pas? — Non, je te le demande avec instance.... les momens sont si précieux! Tu lui écriras, tu lui peindras mon repentir.... peut-être se rendra-t-elle à mes remords.... peut-être recouvrerai-je un jour son estime et son cœur; tout s'appaisera, nous reviendrons.... nous reviendrons jouir dans ses bras, de son pardon et de sa tendresse... Mais éloignons-nous maintenant, chère amie..... il le faut dès l'heure même, et les voitures nous attendent.... Madame de Franval effrayée, n'ose plus rien répondre ; elle se prépare : un desir de Franval n'est-il pas un ordre pour elle. Le traître vole à sa fille ; il la conduit aux pieds de sa mère ; la fausse créature s'y jette avec autant de perfidie que son père : elle pleure, elle implore sa grâce, elle l'obtient. Madame de Franval l'embrasse ; il est si difficile d'oublier qu'on est mère, quelqu'outrage qu'on ait reçu de ses enfans.... la voix de la nature est si impérieuse dans une âme sensible, qu'une seule larme de ces objets sacrés, suffit à nous faire oublier dans eux, vingt ans d'erreurs ou de travers.

On partit pour Valmor. L'extrême diligence qu'on était obligé de mettre à ce voyage légitima aux yeux de madame de Franval, toujours crédule et toujours aveuglée, le petit nombre de domestique qu'on emmenait. Le crime évite les regards.... il les craint tous ; sa sécurité ne se trouvant possible que dans les ombres du mystère, il s'en enveloppe quand il veut agir.

Rien ne se démentit à la campagne ;
assiduités, égards, attentions, respects,
preuves de tendresse d'une part.... du
plus violent amour de l'autre, tout fut
prodigué, tout séduisit la malheureuse
Franval.... Au bout du monde, éloignée
de sa mère, dans le fond d'une solitude
horrible, elle se trouvait heureuse puisqu'elle avait, disait-elle, le cœur de son
mari, et que sa fille, sans cesse à ses genoux, ne s'occupait que de lui plaire.

Les appartemens d'Eugénie et de son
père ne se trouvaient plus voisins l'un
de l'autre ; Franval logeait à l'extrêmité
du château, Eugénie, tout près de sa
mère ; et la décence, la régularité, la
pudeur, remplaçaient à Valmor, dans le
degré le plus éminent, tous les désordres
de la capitale. Chaque nuit Franval se
rendait auprès de son épouse, et le
fourbe, au sein de l'innocence, de la
candeur et de l'amour, osait impudemment nourrir l'espoir de ses horreurs.
Assez cruel pour n'être pas désarmé par
ces caresses naïves et brûlantes, que lui
prodiguait la plus délicate des femmes,

c'était au flambeau de l'amour même, que le scélérat allumait celui de la vengeance.

On imagine pour tant bien que les assiduités de Franval pour Eugénie ne se rallentissaient pas. Le matin, pendant la toilette de sa mère, Eugénie rencontrait son père au fond des jardins, elle en obtenait à son tour et les avis nécessaires à la conduite du moment et les faveurs qu'elle était loin de vouloir céder totalement à sa rivale.

Il n'y avait pas huit jours que l'on était arrivé dans cette retraite, lorsque Franval y apprit que la famille de Valmont le poursuivait à outrance, et que l'affaire allait se traiter de la manière la plus grave; il devenait, disait-on, impossible de la faire passer pour un duel, il y avait eu malheureusement trop de témoins; rien de plus certain d'ailleurs, ajoutait-on à Franval, que madame de Farneille était à la tête des ennemis de son gendre, pour achever de le perdre en le privant de sa liberté, ou en le contraignant à sortir de France, afin de faire

incessamment rentrer sous son aile les
deux objets chéris qui s'en séparaient.
Franval montra ces lettres à sa femme;
elle prit à l'instant la plume pour calmer
sa mère, pour l'engager à une façon de
penser différente, et pour lui peindre le
bonheur dont elle jouissait depuis que
l'infortune avait amolli l'âme de son
malheureux époux; elle assurait d'ailleurs qu'on emploierait en vain toute
sorte de procédés pour la faire revenir à
Paris avec sa fille, qu'elle était résolue
de ne point quitter Valmor que l'affaire
de son mari ne fût arrangée; et que si
la méchanceté de ses ennemis, ou l'absurdité de ses juges, lui faisaient encourir
un arrêt qui dût le flétrir, elle était parfaitement décidée à s'expatrier avec lui.
Franval remercia sa femme; mais n'ayant
nulle envie d'attendre le sort que l'on
lui préparait, il la prévint qu'il allait
passer quelque temps en Suisse, qu'il
lui laissait Eugénie, et les conjurait
toutes deux de ne pas s'éloigner de Valmor que son destin ne fût éclairci;
que, quel qu'il fût, il reviendrait tou-

jours passer vingt-quatre heures avec sa chère épouse pour aviser de concert au moyen de retourner à Paris si rien ne s'y opposait, ou d'aller, dans le cas contraire, vivre quelque part en sûreté.

Ces résolutions prises, Franval, qui ne perdait point de vue que l'imprudence de sa femme avec Valmont était l'unique cause de ses revers, et qui ne respirait que la vengeance, fit dire à sa fille qu'il l'attendait au fond du parc, et s'étant enfermé avec elle dans un pavillon solitaire, après lui avoir fait jurer la soumission la plus aveugle à tout ce qu'il allait lui prescrire, il l'embrasse, et lui parle de la manière suivante :

» Vous me perdez, ma fille.... peut-être pour jamais.... et voyant Eugénie en larmes.... Calmez-vous, mon ange, lui dit-il, il ne tient qu'à vous que notre bonheur renaisse, et qu'en France, ou ailleurs, nous ne nous retrouvions à peu de chose près, aussi heureux que nous l'étions. Vous êtes, je me flatte, Eugénie, aussi convaincue qu'il est possible de l'être, que votre mère est la seule cause

de

de tous nos malheurs; vous savez que je
n'ai pas perdu ma vengeance de vue; si
je l'ai déguisée aux yeux de ma femme,
vous en avez connu les motifs, vous les
avez approuvé, vous m'avez aidé à former le bandeau, dont il était prudent de
l'aveugler; nous voici au terme, Eugénie,
il faut agir, votre tranquillité en dépend,
ce que vous allez entreprendre, assure à
jamais la mienne; vous m'entendez j'espère, et vous avez trop d'esprit, pour que
ce que je vous propose, puisse vous alarmer un instant.... Oui, ma fille, il faut
agir, il le faut sans délais, il le faut sans
remords, et ce doit être votre ouvrage.
Votre mère a voulu vous rendre malheureuse, elle a souillé les nœuds qu'elle
réclame, elle en a perdu les droits; dès-
lors, non-seulement elle n'est plus pour
vous qu'une femme ordinaire, mais elle
devient même votre plus mortelle ennemie; or, la loi de la nature la plus inti-
mement gravée dans nos âmes, est de
nous défaire les premiers, si nous le pouvons, de ceux qui conspirent contre
nous; cette loi sacrée, qui nous meut et

Tome IV.   K

qui nous inspire sans cesse, ne mit point
en nous l'amour du prochain avant celui que nous nous devons à nous-même....
d'abord nous, et les autres ensuite, voilà
la marche de la nature ; aucun respect,
par conséquent, aucun ménagement
pour les autres, si-tôt qu'ils ont prouvé
que notre infortune ou notre perte était
le seul objet de leurs vœux ; se conduire
différemment, ma fille, serait préférer
les autres à nous, et cela serait absurde. Maintenant, venons aux motifs
qui doivent décider l'action que je vous
conseille.

» Je suis obligé de m'éloigner, vous
en savez les raisons; si je vous laisse avec
cette femme, avant un mois, gagnée par
sa mère, elle vous ramène à Paris, et
comme vous ne pouvez plus être mariée
après l'éclat qui vient d'être fait, soyez
bien sûre que ces deux cruelles personnes, ne deviendront maîtresses de
vous, que pour vous faire éternellement
pleurer dans un cloître, et votre faiblesse et nos plaisirs. C'est votre grand-
mère, Eugénie, qui poursuit contre moi,

c'est elle qui se réunit à mes ennemis pour achever de m'écraser ; de tels procédés de sa part peuvent-ils avoir d'autre objet que celui de vous ravoir, et vous aura-t-elle sans vous renfermer ? Plus mes affaires s'enveniment, plus le parti qui nous tourmente prend de la force et du crédit. Or, il ne faut pas douter que votre mère ne soit intérieurement à la tête de ce parti, il ne faut pas douter qu'elle ne le rejoigne dès que je serai absent ; cependant ce parti ne veut ma perte, que pour vous rendre la plus malheureuse des femmes ; il faut donc se hâter de l'affaiblir, et c'est lui enlever sa plus grande énergie, que d'en soustraire madame de Franval. Prendrons-nous un autre arrangement ? vous emmenerai-je avec moi ? Votre mère irritée, rejoint aussi-tôt la sienne, et dès-lors, Eugénie, plus un seul instant de tranquillité pour nous ; nous serons recherchés, poursuivis par-tout, pas un pays n'aura le droit de nous donner un asyle, pas un refuge sur la surface du globe ne deviendra sacré.... inviolable, aux yeux

des monstres dont nous poursuivra la
rage ; ignorez - vous à quelle distance
atteignent ces armes odieuses du despo-
tisme et de la tyrannie, lorsque payées
au poids de l'or , la méchanceté les
dirige ? Votre mère morte , au contraire , madame de Farneille , qui l'aime
plus que vous , et qui n'agit dans tout
que pour elle , voyant son parti diminué
du seul être qui réellement l'attache à
ce parti, abandonnera tout, n'excitera
plus mes ennemis.... ne les enflammera
plus contre moi.... De ce moment, de
deux choses l'une , ou l'affaire de Valmont s'arrange , et rien ne s'oppose plus à
notre retour à Paris , ou elle devient plus
mauvaise , et contrains alors à passer chez
l'étranger , au moins y sommes-nous à
l'abri des traits de la Farneille , qui, tant
que votre mère vivra , n'aura pour but
que notre malheur, parce que, encore
une fois, elle s'imagine que la félicité de
sa fille ne peut être établie que sur
notre chûte.

   » De quelque côté que vous envisagiez
notre position , vous y verrez donc ma-

dame de Franval traversant dans tout notre repos, et sa détestable existence, le plus sûr empêchement à notre félicité.

» Eugénie, Eugénie, poursuit Franval avec chaleur, en prenant les deux mains de sa fille.... chère Eugénie, tu m'aimes, veux-tu donc, dans la crainte d'une action.... aussi essentielle à nos intérêts, perdre à jamais celui qui t'adore ! ô, chère et tendre amie, décides-toi, tu n'en peux conserver qu'un des deux ; nécessairement parricide, tu n'as plus que le choix du cœur, ou tes criminels poignards doivent s'enfoncer ; ou il faut que ta mère périsse, ou il faut renoncer à moi... que dis-je, il faut que tu m'égorges moi-même.... Vivrais-je, hélas ! sans toi ? crois-tu qu'il me serait possible d'exister sans mon Eugénie ? résisterais-je au souvenir des plaisirs que j'aurais goûté dans ces bras.... à ces plaisirs délicieux éternellement perdus pour mes sens ? Ton crime, Eugénie, ton crime, est le même en l'un et l'autre cas ; ou il faut détruire une mère qui t'abhorre, et qui ne vit que pour ton malheur, ou il faut assassiner un père qui ne respire que pour toi. Choisis, choisis donc, Eugénie, et si c'est moi que tu condamnes, ne balance pas, fille ingrate, déchire sans pitié ce cœur dont trop d'amour est le seul tort, je bénirai les coups qui viendront de ta main, et mon dernier soupir sera pour t'adorer ».

Franval se tait pour écouter la réponse de sa fille ; mais une réflexion profonde paraît la tenir en suspens.... elle s'élance à la fin dans les bras de son père. O toi ! que j'aimerai toute ma vie, s'écrie-t-elle, peux tu douter du parti que je prends? peux-tu soupçonner mon courage? Arme à l'instant mes mains, et celle que proscrivent ses horreurs et ta sûreté, va bientôt tomber sous mes coups ; instruis-moi, Franval, règle ma conduite, pars, puisque ta tranquillité l'exige.... j'agirai pendant ton absence, je t'instruirai de tout ; mais quelque tournure que prennent les affaires.... notre ennemie perdue, ne me laisse pas seule en ce château, je l'exige.... viens m'y reprendre, ou fais-moi part des

lieux où je pourrai te joindre. Fille
chérie, dit Franval, en embrassant le
monstre qu'il a trop su séduire, je savais
bien que je trouverais en toi tous les
sentimens d'amour et de fermeté nécessaires à notre mutuel bonheur.... Prends
cette boëte.... la mort est dans son sein....
Eugénie prend la funeste boëte, elle
renouvelle ses sermens à son père ; les
autres résolutions se déterminent ; il est
arrangé qu'elle attendra l'évènement du
procès, et que le crime projeté aura
lieu ou non, en raison de ce qui se dé-
cidera pour ou contre son père.... On
se sépare, Franval revient trouver son
épouse, il porte l'audace et la fausseté,
jusqu'à l'inonder de larmes, jusqu'à recevoir, sans se démentir, les caresses
touchantes et pleines de candeur prodi-
guées par cet ange céleste. Puis étant
convenu qu'elle restera sûrement en
Alsace avec sa fille, quelque soit le succès de son affaire, le scélérat monte à
cheval, et s'éloigne.... il s'éloigne de
l'innocence et de la vertu, si long-temps
souillées par ses crimes.

K 4

Franval fut s'établir à Bâle, afin de se trouver, moyennant cela, et à l'abri des poursuites qu'on pourrait faire contre lui, et en même temps aussi près de Valmor qu'il était possible, pour que ses lettres pussent, à son défaut, entretenir dans Eugénie, les dispositions qu'il y desirait.... Il y avait environ vingt-cinq lieues de Bâle à Valmor, mais des communications assez faciles, quoiqu'au milieu des bois de la Forêt-Noire, pour qu'il pût se procurer une fois la semaine des nouvelles de sa fille. A tout hazard, Franval avait emporté des sommes immenses, mais plus encore en papier qu'en argent. Laissons-le s'établir en Suisse, et retournons auprès de sa femme.

Rien de pur, rien de sincère comme les intentions de cette excellente créature; elle avait promis à son époux de rester à cette campagne, jusqu'à ses nouveaux ordres; rien n'eut fait changer ses résolutions, elle en assurait chaque jour Eugénie.... Trop malheureusement éloignée de prendre en elle la confiance que cette respectacle mère était faite

pour lui inspirer , partageant toujours
l'injustice de Franval, qui en nourrissait les semences par des lettres réglées,
Eugénie n'imaginait pas qu'elle pût avoir
au monde une plus grande ennemie que
sa mère. Il n'y avait pourtant rien que
ne fît celle-ci pour détruire dans sa fille
l'éloignement invincible que cette ingrate conservait au fond de son cœur;
elle l'accablait de caresses et d'amitié,
elle se félicitait tendrement avec elle de
l'heureux retour de son mari, portait la
douceur et l'aménité au point de remercier quelquefois Eugénie, et de lui laisser tout le mérite de cette heureuse conversion ; ensuite, elle se désolait d'être
devenue l'innocente cause des nouveaux
malheurs qui menaçaient Franval; loin
d'en accuser Eugénie, elle ne s'en pre-
nait qu'à elle-même, et la pressant sur
son sein, elle lui demandait avec des
larmes, si elle pourrait jamais lui par-
donner.... L'âme atroce d'Eugénie résistait à ces procédés angéliques, cette
âme perverse n'entendait plus la voix de
la nature , le vice avait fermé tous les

K 5

chemins qui pouvaient arriver à elle....
Se retirant froidement des bras de sa
mère, elle la regardait avec des yeux
quelquefois égarés, et se disait, pour
s'encourager, *comme cette femme est
fausse.... comme elle est perfide....
elle me caressa de même le jour où
elle me fit enlever;* mais ces reproches
injustes n'étaient que les sophismes abominables dont s'étaie le crime, quand
il veut étouffer l'organe du devoir. Madame de Franval, en faisant enlever
Eugénie pour le bonheur de l'une....
pour la tranquillité de l'autre, et pour
les intérêts de la vertu, avait pu déguiser ses démarches; de telles feintes ne
sont désapprouvées que par le coupable
qu'elles trompent; elles n'offensent pas
la probité. Eugénie résistait donc à toute
la tendresse de madame de Franval,
parce qu'elle avait envie de commettre
une horreur, et nullement à cause des
torts d'une mère qui sûrement n'en avait
aucuns vis-à-vis de sa fille.

    Vers la fin du premier mois de séjour
à Valmor, madame de Farneille écrivit

à sa fille que l'affaire de son mari devenait des plus sérieuses, et que d'après la crainte d'un arrêt flétrissant, le retour de madame de Franval et d'Eugénie devenait d'une extrême nécessité, tant pour en imposer au public, qui tenait les plus mauvais propos, que pour se joindre à elle, et solliciter ensemble un arrangement qui pût désarmer la justice, et répondre du coupable sans le sacrifier.

Madame de Franval, qui s'était décidée à n'avoir aucun mystère pour sa fille, lui montra sur-le-champ cette lettre; Eugénie, de sang-froid, demanda, en fixant sa mère, quel était, à ces tristes nouvelles, le parti qu'elle avait envie de prendre? Je l'ignore, reprit madame de Franval.... Dans le fait, à quoi servons-nous ici? ne serions-nous pas mille fois plus utiles à mon mari, en suivant les conseils de ma mère? Vous êtes la maîtresse, madame, répondit Eugénie, je suis faite pour vous obéir, et ma soumission vous est assurée.... Mais madame de Franval, voyant bien à la sécheresse

K 6

de cette réponse, que ce parti ne convient pas à sa fille, elle lui dit qu'elle attendra encore, qu'elle va récrire, et qu'Eugénie peut être sûre, que si elle manque aux intentions de Franval, ce ne sera que dans l'extrême certitude de lui être plus utile à Paris qu'à Valmor.

Un autre mois se passa de cette manière, pendant lequel Franval ne cessait d'écrire à sa femme et à sa fille, et d'en recevoir les lettres les plus faites pour lui être agréables, puisqu'il ne voyait dans les unes qu'une parfaite condescendance à ses desirs, et dans les autres, qu'une fermeté la plus entière aux résolutions du crime projeté, dès que la tournure des affaires l'exigerait, ou dès que madame de Franval aurait l'air de se rendre aux sollicitations de sa mère; car, disait Eugénie dans ses lettres, si je ne remarque dans votre femme que de la droiture et de la franchise, et si les amis qui servent vos affaires à Paris, parviennent à la finir, je vous remettrai le soin dont vous m'avez chargé, et vous le remplirai vous-même quand nous serons ensemble, si vous le jugez alors à propos, à moins pourtant que, dans tous les cas, vous ne m'ordonniez d'agir, et que vous ne le trouviez indispensable, alors je prendrai tout sur moi, soyez-en certain.

Franval approuva dans sa réponse tout ce que lui mandait sa fille, et telle fut la dernière lettre qu'il en reçut et qu'il écrivit. La poste d'ensuite n'en apporta plus. Franval s'inquiéta; aussi peu satisfait du courrier d'après, il se désespère, et son agitation naturelle ne lui permettant plus d'attendre, il forme dès l'instant le projet de venir lui-même à Valmor savoir la cause des retards qui l'inquiètent aussi cruellement.

Il monte à cheval suivi d'un valet fidele; il devait arriver le second jour, assez avant dans la nuit, pour n'être reconnu de personne; à l'entrée des bois qui couvrent le château de Valmor, et qui se réunissent à la forêt noire vers l'orient, six hommes bien armés arrêtent Franval et son laquais; ils demandent la bourse; ces coquins sont instruits, ils savent à qui ils parlent, ils savent que Franval, impliqué dans une mauvaise affaire, ne marche jamais sans son porte-feuille et prodigieusement d'or..... Le valet résiste, il est étendu sans vie aux pieds de son cheval; Franval, l'épée à la main, met pied à terre, il fond sur ces malheureux, il en blesse trois, et se trouve enveloppé par les autres; on lui prend tout ce qu'il a, sans parvenir néan-moins à lui ravir son arme, et les voleurs s'échappent aussitôt qu'ils l'ont dépouillé; Franval les suit, mais les brigands fen-dant l'air avec leur vol et les chevaux, il devient impossible de savoir de quel côté se sont dirigés leurs pas.

Il faisait une nuit horrible, l'aquilon, la grêle..... tous les élémens semblaient s'être déchaînés contre ce misérable..... Il y a peut-être des cas, où la nature ré-voltée des crimes de celui qu'elle pour-suit, veut l'accabler, avant de le retirer à elle, de tous les fléaux dont elle dis-pose..... Franval, à moitié nud, mais tenant toujours son épée, s'éloigne comme il peut de ce lieu funeste en se dirigeant du côté de Valmor. Connaissant mal les environs d'une terre dans laquelle il n'a été que la seule fois où nous l'y avons vu, il s'égare dans les routes obscures de cette forêt entièrement inconnue de lui..... Epuisé de fatigue, anéanti par la douleur..... dévoré d'inquiétude, tourmenté de la tempête, il se jette à terre, et là, les premières larmes qu'il ait versé de sa vie viennent par flots inonder ses yeux.... Infortuné, s'écrie-t-il, tout se réunit donc pour m'écraser enfin..... pour me faire sentir le remords.... c'était par la main du malheur qu'il devait pénétrer mon âme; trompé par les douceurs de la prospérité, je l'aurais toujours méconnu. O toi, que j'outrageai si grièvement, toi, qui deviens peut-être en cet instant la proie de ma fureur et de ma barbarie!....... épouse adorable..... le monde, glorieux de ton existence, te posséderait-il encore? La main du ciel a-t-elle arrêté mes horreurs?...... Eugénie! fille trop crédule...... trop indignement séduite par mes abominables artifices..... la nature a-t-elle amolli ton cœur?..... a-t-elle suspendu les cruels effets de mon ascendant et de ta faiblesse? est-il temps!..... est-il temps, juste ciel!.... Tout-à-coup le son plaintif et majestueux de plusieurs cloches, tristement élancé dans les nues, vient accroître l'horreur de son sort..... Il s'émeut..... il s'effraie..... Qu'entends-je, s'écrie-t-il en se levant?.... fille barbare... est-ce la mort?..... est-ce la vengeance?... sont-ce les furies de l'enfer qui viennent achever leur ouvrage?....... ces bruits m'annoncent-ils?..... où suis-je? puis-je les entendre?..... achève, ô ciel!....; achève d'immoler le coupable.... Et se prosternant...... Grand dieu! souffre que je mêle ma voix à ceux qui t'implorent en cet instant.... vois mes remords et ta puissance, pardonne-moi de t'avoir méconnu.... et daigne exaucer les vœux... les premiers vœux que j'ose élever vers toi! Être-Suprême..... préserve la vertu, garantis celle qui fut ta plus belle image en ce monde; que ces sons, hélas! que ces lugubres sons ne soient pas ceux que j'appréhende; et Franval égaré..... ne

sachant plus ni ce qu'il fait, ni où il va,
ne proférant que des mots décousus,
suit le chemin qui se présente..... Il
entend quelqu'un.... il revient à lui.....
il prête l'oreille.... c'est un homme à
cheval.... Qui que vous soyiez, s'écrie
Franval, s'avançant vers cet homme.....
qui que vous puissiez être, ayez pitié
d'un malheureux que la douleur égare;
je suis prêt d'attenter à mes jours......
instruisez-moi, secourez-moi, si vous
êtes homme et compâtissant.... daignez
me sauver de moi-même. — Dieu! répond une voix trop connue de cet infortuné, quoi! vous ici..... oh ciel! éloi-
gnez-vous, et Clervil.... c'était lui, c'était
ce respectable mortel échappé des fers
de Franval, que le sort envoyait vers ce
malheureux, dans le plus triste instant
de sa vie, Clervil se jette à bas de son
cheval, et vient tomber dans les bras de
son ennemi. C'est vous, monsieur, dit
Franval en pressant cet honnête homme
sur son sein, c'est vous envers qui j'ai
tant d'horreurs à me reprocher? — Calmez-vous, monsieur, calmez-vous, j'é-

carte de moi les malheurs qui viennent
de m'entourer, je ne me souviens plus de
ceux dont vous avez voulu me couvrir,
quand le ciel me permet de vous être
utile.... et je vais vous l'être, monsieur,
d'une façon cruelle sans doute, mais nécessaire.... Asseyons - nous..... jetons-
nous au pied de ce cyprès, ce n'est plus
qu'à sa feuille sinistre qu'il appartient de
vous couronner maintenant.... O mon
cher Franval, que j'ai de revers à vous
apprendre !.... Pleurez.... ô mon ami !
les larmes vous soulagent, et j'en dois
arracher de vos yeux de bien plus
amères encore.... ils sont passés les
jours de délices.... ils se sont évanouis
pour vous comme un songe, il ne vous
reste plus que ceux de la douleur. —
Oh ! monsieur, je vous comprends.....
ces cloches.... — Elles vont porter aux
pieds de l'Etre-Suprême.... les hommages,
les vœux des tristes habitans de Valmor,
à qui l'Eternel ne permit de connaître
un ange, que pour le plaindre et le re-
gretter..... Alors Franval tournant la
pointe de son épée sur son cœur, allait

trancher le fil de ses jours; mais Clervil, prévenant cette action furieuse, non, non, mon ami, s'écrie-t-il, ce n'est pas mourir qu'il faut, c'est réparer. Ecoutez-moi, j'ai beaucoup de choses à vous dire, il est besoin de calme pour les entendre.
— Eh bien! monsieur, parlez, je vous écoute, enfoncez par degrés le poignard dans mon sein, il est juste qu'il soit oppressé comme il a voulu tourmenter les autres.

Je serai court sur ce qui me regarde, monsieur, dit Clervil. Au bout de quelques mois du séjour affreux où vous m'aviez plongé, je fus assez heureux pour fléchir mon gardien ; il m'ouvrit les portes; je lui recommandai sur-tout de cacher avec le plus grand soin l'injustice que vous vous étiez permise envers moi. Il n'en parlera pas, cher Franval, jamais il n'en parlera. — Oh! monsieur.... — Ecoutez-moi, je vous le répète, j'ai bien d'autre choses à vous dire. De retour à Paris j'appris votre malheureuse aventure.... votre départ.... Je partageai les larmes de madame de Farneille.... elles

étaient plus sincères que vous ne l'avez
cru; je me joignis à cette digne femme
pour engager madame de Franval à
nous ramener Eugénie, leur présence
étant plus nécessaire à Paris qu'en Alsace.... Vous lui aviez défendu d'abandonner Valmor.... elle vous obéit.....
elle nous manda ces ordres, elle nous fit
part de ses répugnances à les enfreindre;
elle balança tant qu'elle le put.... vous
fûtes condamné, Franval.... vous l'êtes.
Vous avez perdu la tête comme coupable d'un meurtre de grands chemins:
ni les sollicitations de madame de Farneille, ni les démarches de vos parens et
de vos amis n'ont pu détourner le glaive
de la justice, vous avez succombé......
vous êtes à jamais flétri.... vous êtes
ruiné.... tous vos biens sont saisis....
(Et sur un second mouvement furieux
de Franval.) Ecoutez-moi, monsieur,
écoutez-moi, je l'exige de vous comme
une réparation à vos crimes; je l'exige
au nom du ciel que votre repentir peut
désarmer encore. De ce moment nous
écrivîmes à madame de Franval, nous lui

apprîmes tout : sa mère lui annonça que
sa présence étant devenue indispensable,
elle m'envoyait à Valmor pour la décider absolument au départ : je suivis la
lettre ; mais elle parvint malheureusement avant moi ; il n'était plus temps
quand j'arrivai.... votre horrible complot n'avait que trop réussi ; je trouvai
madame de Franval mourante.... Oh !
monsieur, quelle scélératesse !..... Mais
votre état me touche, je cesse de vous
reprocher vos crimes.... Apprenez tout.
Eugénie ne tint pas à ce spectacle ; son
repentir, quand j'arrivai, s'exprimait
déjà par les larmes et les sanglots les
plus amers.... Oh ! monsieur, comment
vous rendre l'effet cruel de ces diverses
situations.... Votre femme expirante....
défigurée par les convulsions de la douleur..... Eugénie, rendue à la nature,
poussant des cris affreux, s'avouant coupable, invoquant la mort, voulant se la
donner, tour-à-tour aux pieds de ceux
qu'elle implore, tour-à-tour colée sur le
sein de sa mère, cherchant à la ranimer
de son souffle, à la réchauffer de ses

larmes, à l'attendrir de ses remords; telles étaient, monsieur, les tableaux sinistres qui frappèrent mes yeux : quand j'entrai chez vous, madame de Franval me reconnut.... elle me pressa les mains.... les mouilla de ses pleurs, et prononça quelques mots que j'entendis avec difficulté, ils ne s'exhalaient qu'à peine de ce sein comprimé par les palpitations du venin.... elle vous excusait..... elle implorait le ciel pour vous.... elle demandait sur-tout la grâce de sa fille.... Vous le voyez, homme barbare, les dernières pensées, les derniers vœux de celle que vous déchiriez étaient encore pour votre bonheur. Je donnai tous mes soins; je ranimai ceux des domestiques, j'employai les plus célèbres gens de l'art.... je prodiguai les consolations à votre Eugénie; touché de son horrible état, je ne crus pas devoir les lui refuser; rien ne réussit : votre malheureuse femme rendit l'âme dans des tressaillemens.... dans des supplices impossibles à dire.... à cette funeste époque, monsieur, je vis un des effets subits du remords qui m'avait été inconnu jusqu'à ce moment. Eugénie se précipite sur sa mère et meurt en même-temps qu'elle : nous crûmes qu'elle n'était qu'é-vanouie...... Non, toutes ses facultés étaient éteintes ; ses organes absorbés par le choc de la situation s'étaient anéan-tis à la fois, elle était réellement expirée de la violente secousse du remords, de la douleur et du désespoir.... Oui, mon-sieur, toutes deux sont perdues pour vous ; et ces cloches dont le son frappent encore vos oreilles, célèbrent à la fois deux créatures, nées l'une et l'autre pour votre bonheur, que vos forfaits ont ren-dues victimes de leur attachement pour vous, et dont les images sanglantes vous poursuivront jusqu'au sein des tom-beaux.

O cher Franval ! avais-je tort de vous engager autrefois à sortir de l'abîme où vous précipitaient vos passions ; et blâme-rez-vous, ridiculiserez-vous les secta-teurs de la vertu ? auront-ils tort enfin, d'encenser ses autels, quand ils verront autour du crime tant de troubles et tant de fléaux ?

Clervil se tait. Il jette ses regards sur Franval ; il le voit pétrifié par la douleur ; ses yeux étaient fixes, il en coulait des larmes, mais aucune expression ne pouvait arriver sur ses lèvres. Clervil lui demande les raisons de l'état de nudité dans lequel il le voit : Franval le lui apprend en deux mots. Ah ! monsieur, s'écria ce généreux mortel, que je suis heureux même au milieu des horreurs qui m'environnent, de pouvoir au moins soulager votre état. J'allais vous trouver à Bâle, j'allais vous apprendre tout, j'allais vous offrir le peu que je possède.... Acceptez-le, je vous en conjure ; je ne suis pas riche, vous le savez.... mais voilà cent louis.... ce sont mes épargnes, c'est tout ce que j'ai.... J'exige de vous..... Homme généreux, s'écrie Franval, en embrassant les genoux de cet honnête et rare ami, à moi ?.... Ciel ! ai-je besoin de quelque chose après les pertes que j'essuie ! et c'est vous.... vous que j'ai si mal traité.... c'est vous qui volez à mon secours. — Doit-on se souvenir des injures quand le malheur accable

cable celui qui peut nous les faire, la
vengeance qu'on lui doit en ce cas est de
le soulager; et d'où vient l'accabler encore quand ses reproches le déchirent?...
monsieur, voilà la voix de la nature;
vous voyez bien que le culte sacré d'un
Etre-Suprême ne la contrarie pas comme
vous vous l'imaginiez, puisque les conseils que l'une inspire ne sont que les
loix sacrées de l'autre. Non, répondit
Franval en se levant; non, je n'ai plus
besoin, monsieur, de rien, le ciel me
laissant ce dernier effet, poursuit-il, en
montrant son épée, m'apprend l'usage
que j'en dois faire. ... Et la regardant....
c'est la même, oui, cher et unique ami,
c'est la même arme que ma céleste
femme saisit un jour pour s'en percer le
sein, lorsque je l'accablais d'horreurs et
de calomnies.... c'est la même.... je trouverais peut-être des traces de ce sang
sacré.... il faut que le mien les efface.....
Avançons..... gagnons quelques chau-
mières où je puisse vous faire part de
mes dernières volontés.... et puis nous
nous quitterons pour toujours...... Ils

Tome IV.   L

marchent. Ils allaient chercher un chemin qui pût les rapprocher de quelqu'habitation...... La nuit continuait
d'envelopper la forêt de ses voiles....
de tristes chants se font entendre, la
pâle lueur de quelques flambeaux vient
tout - à - coup dissiper les ténèbres....
vient y jeter une teinte d'horreur qui
ne peut être conçue que par des âmes
sensibles; le son des cloches redouble; il
se joint à ces accens lugubres, qu'on ne
distingue encore qu'à peine, la foudre
qui s'est tue jusqu'à cet instant, étincelle
dans les cieux, et mêle ses éclats aux
bruits funèbres qu'on entend. Les éclairs
qui sillonnent la nue, éclipsant par intervalle le sinistre feu des flambeaux,
semblent disputer aux habitans de la
terre, le droit de conduire au sépulcre
celle qu'accompagne ce convoi, tout fait
naître l'horreur, tout respire la désola-
tion.... il semble que ce soit le deuil
éternel de la nature.

Qu'est ceci, dit Franval ému? Rien,
répond Clervil en saisissant la main de
son ami, et le détournant de cette route.

— Rien, vous me trompez, je veux voir
ce que c'est.... il s'élance.... il voit un
cercueil : juste ciel, s'écrie-t-il, la voilà,
c'est elle.... c'est elle, Dieu permet que
je la revoye....A la sollicitation de Clervil, qui voit l'impossibilité de calmer
ce malheureux, les prêtres s'éloignent
en silence... Franval égaré se jette sur
le cercueil, il en arrache les tristes restes
de celle qu'il a si vivement offensée ; il
saisit le corps dans ses bras... il le pose
au pied d'un arbre, et se précipitant
dessus avec le délire du désespoir....
ô toi, s'écrie-t-il hors de lui, toi, dont
ma barbarie put éteindre les jours, objet touchant que j'idolâtre encore, vois
à tes pieds ton époux, oser demander
son pardon et sa grâce ; n'imagines pas
que ce soit pour te survivre, non, non,
c'est pour que l'éternel touché de tes
vertus, daigne, s'il est possible, me par-
donner come toi... il te faut du sang,
chère épouse, il en faut pour que tu
sois vengée... tu vas l'être... Ah ! vois
mes pleurs avant, et vois mon repentir;
je vais te suivre ombre chérie ... mais

qui recevra mon âme bourrellée, si tu n'implores pour elle ? Rejetée des bras de Dieu comme de ton sein, veux-tu qu'elle soit condamnée aux affreux supplices des enfers, quand elle se répent aussi sincèrement de ses crimes... Pardonne chère âme, pardonne-les, et vois comme je les venge.

A ces mots Franval échappant à l'œil de Clervil, se passe l'épée qu'il tient, deux fois au travers du corps ; son sang impur coule sur la victime et semble la flétrir bien plus que la venger... « O mon ami ! dit-il à Clervil, je meurs, mais je meurs au sein des remords... apprenez à ceux qui me restent et ma déplorable fin et mes crimes, dites-leur, que c'est ainsi que doit mourir le triste esclave de ses passions, assez vil, pour avoir éteint dans son cœur le cri du devoir et de la nature. Ne me refusez pas la moitié du cercueil de cette malheureuse épouse, je ne l'aurais pas mérité sans mes remords, mais ils m'en rendent digne, et je l'exige ; adieu.

Clervil exauça les desirs de cet infortuné, le convoi se remit en marche ; un éternel asyle ensevelit bientôt pour jamais, deux époux nés pour s'aimer, faits pour le bonheur , et qui l'eussent goûté sans mélange, si le crime et ses effrayans désordres, sous la coupable main de l'un des deux, ne fût venu changer en serpens toutes les roses de leur vie.

L'honnête ecclésiastique rapporta bientôt à Paris l'affreux détail de ces différentes catastrophes, personne ne s'alarma de la mort de Franval, on ne fut fâché que de sa vie , mais son épouse fut pleurée... elle le fut bien amèrement ; et quelle créature en effet plus précieuse, plus intéressante aux regards des hommes que celle qui n'a chéri, respecté, cultivé les vertus sur la terre, que pour y trouver à chaque pas, et l'infortune et la douleur.

Si les pinceaux dont je me suis servi pour te peindre le crime, t'affligent et te font gémir, ton amendement n'est pas loin, et j'ai produit sur toi l'effet que je voulais. Mais si leur vérité te dépite, s'ils te font maudir leur auteur...... malheureux tu t'es reconnu, tu ne te corrigeras jamais.

FIN.

TABLE

Des nouvelles contenues au présent Recueil.

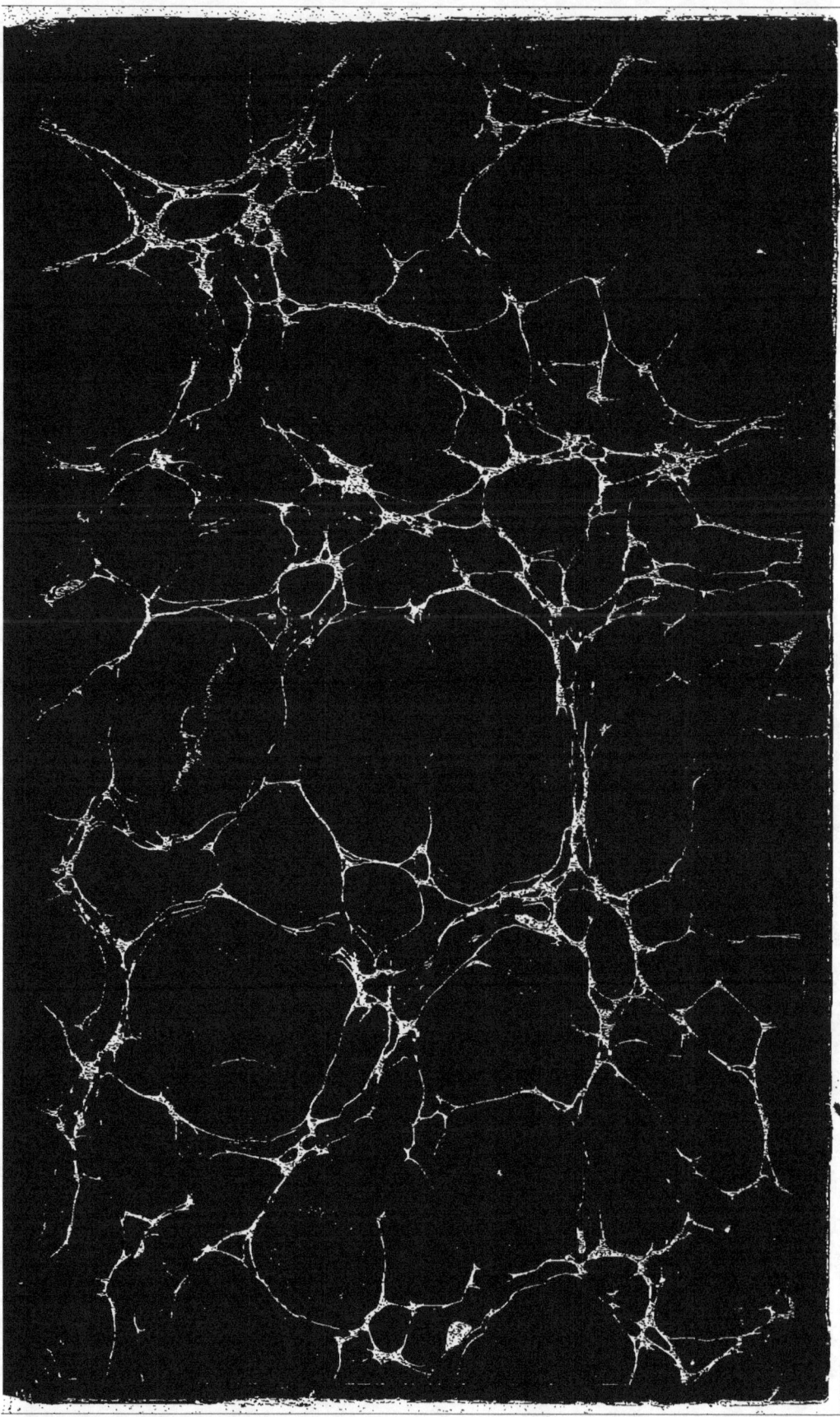

INV.

Y² 3

INV. RÉSER
351

www.ingramcontent.com/pod-product-compliance
Lightning Source LLC
Chambersburg PA
CBHW070458030726
47503CB00004B/1095